講談社文庫

新装版

国家・宗教・日本人

司馬遼太郎｜井上ひさし

講談社

目次

国家・宗教・日本人

宗教と日本人

オウム真理教から親鸞《しんらん》、ザビエルまで

日本人は帰ってくる

司馬　井上さんとは十九年前、オーストラリアのキャンベラでお会いしたのが最初でした。齢《とし》をとると無用のことを考えます。人間にとっての自己とは何ぞやということを、若いころ以上に考えます。けさ顔を洗いながら、井上さんというと、なにやらヨーロッパ人じみていて、連想してカトリックのことを考えて、カトリックは明快だなと思う。人間には自己という装置がある。ソウルですね。人が死ぬとそのソウルという装置がすぽっと脱けて天国か地獄へいくわけですが、仏教ではそのあたりが曖昧《あいまい》

で、奈良朝以来、自己とは何かということをはっきりさせてこなかった。オウム真理教の事件も、その流れの中でとらえかえすことができるのではないか……。そんなことを思いながら鏡をのぞいていると、十九年前にお会いしたときはもう少し若かったけれども、いまはもうこの五体の内が干《ほし》ぶどうみたいにひからびて、リビドーの支えがなくなって、カラカラ音がしている。オーストラリアのころは、若かったです。

井上 強烈な記憶がのこっています。司馬先生のご一行がオーストラリアからお帰りになるとき、見送りながらぽろぽろぽろ涙をこぼしていました。日本から取り残されていく、という感情におそわれてもみくちゃにされてしまったのです。ああ、なんて弱い男だろうなあ、と反省しましたが。

司馬 そうでしたか。かつて室町末期から戦国時代初頭に倭寇《わこう》がおこって、一時期、上海《しゃんはい》の南の舟山《しゅうざん》群島を二十年ほど占領していたことがありましたが、そのとき中国の人々は言ったそうです。倭というのは故郷が恋しくてすぐ帰るんだから、ほうっておけばいい、と。やがてその通りになるんですが、日本人がこの島々に帰るというのはなぜなんだろう、日本米がおいしいから帰るのかな、と思いましてね。というのは、いまのようなおいしいごはんの炊きかたは、室町時代に発明されるんです。それは舟山群島では食べられないからやがて帰るのかな、などと勝手に解釈をしたんですが、たしかに日本人というのは帰ってきますね。

井上　自分の親しい人たちが死者も生者もいっしょに空気みたいに、日本列島の上に漂《ただよ》っているような光景が見える。とくに北のほうに色濃く。父親とかおばあさんとか、そういう人たちがうようよと雲になっていて、それが恋しくて仕方がない。いま自分はそこから遠く離れて、しかも司馬さんと奥様はもうそこへ帰ってしまわれた、自分は取り残されたと勝手に思うんです。

司馬　俊寛僧都《しゅんかんそうず》のように。

もっとも、井上ひさしさんはたいへん根源的な方で、こんなこともありましたね。

当時キャンベラ大学の先生をなさっていたので大学教員用のアパートにお住まいだった。たしかかの地の役人が国勢調査《こくせいちょうさ》みたいな書類をもってきて、これに書き込めという。なかに「民族名」という項目があり、人を人種で見すぎる。それで猛然と抗議なさったんですね。

井上　「白人」「黒人」「その他」と三つしかないので、アジアの人間はなぜその他なのだ、その理由を聞かせてくれと言い張ったのです。

司馬　ところが、抗議を受けたほうは訳がわからなくて、「そうしたらあなたはなに人ですか」。結局、井上さんはグッと困って「北方蒙古人《もうこ》」とおっしゃった（笑）。北方がついてるのは東北ということでしょう。蒙古人というのは、われわれの民族のベースがモンゴリアンだから、そうおっしゃったんでしょうが、あれはよかった。

「集団中心主義」の快感

井上　それでも、とてもいい国でしたよ。政府や上流階級は、白人中心の「白豪主《はくごう》

義」にしがみついていたけれども、国民一人一人は、そんな主義はもう捨てはじめていました。日曜日の朝、シビックという町の中心街にみんなが集まってくるんですが、当時のオーストラリアは移民をどんどん入れてきましたから、四十ヵ国ぐらいの人たちが広場に渦巻《うずま》いている。イギリス人らしい人とインドの人が恋人だったり、中国系の少女と南米の青年が肩を組み合っていたり、いろんな肌の色の組み合わせのカップルがいました。みんな楽しそうで、その上、自分らはここに立つ、自分らの経歴はここからはじまるという気合いにあふれていました。それを見て、自分も強くならないといけないな、と思ったものです。

司馬　そうですね。この間、服部四郎《はっとりしろう》さんという、私が学生時代からすきだった言語学者の本を読んだんです。『一言語学者の随想』といって、生前服部さんがお書きになった小文をまとめたものですが、なかにアメリカの人類学者に会って、ひとつ人類学の実情を知るというくだりがある。昭和二十年代の文章だと思いますが、その人類学者によれば、エスキモーといえども——いまはイヌイットといっていますが——自分たちの住んでいるところが世界一よくて、自分たちの文化が世界一だと思っている。同時に他を排除している。どの集団も、自分たちの集団が世界一で、ほかはろくでもない輩《やから》だから排除しなきゃいけないと考える性向がある。これを「エスノセントリズム」、集団中心主義と呼ぶことを服部さんは教わるわけですが、私はこれを読んで、ははあ、これが人間をいままで存続させてきたんだな、と思いました。

中国大陸の周辺、あるいは内部にたくさん少数民族がいて、やはりそれぞれ自分たちの衣裳《いしよう》を着て、自分たちの食べ物を食べている。彼らを見ていても、集団に対しての誇りというのは、性欲と食欲の次に来るぐらいに本能的なものではないかと思う。しかし、私たち日本人は戦後五十年、幸いにして平和で、日本だけでの普遍性《ふへんせい》のなかでゆっくりと生きてきて、日本という集団をあまり意識せずに、エスノセントリズムを発揮することなく生きてきたわけです。

ところが、いまオウム真理教が、一国の中で別国をつくってその小集団のなかだけで通用するエスノセントリズムを強烈に刺激して、我をすてて集団に帰属《きぞく》するという快感操作を反復させせました。クルド人やアイルランド人になってゆくようなものです。敵対するものを設《もう》けねばいけない。それが日本国なんです。ずいぶんいいアイデアですね（苦笑）。日本国を相手に敵対するなどという新興宗教は初めてでしょう。そして、非常にちゃちではあるけれども、日本国の行政府と同じ内部名称をつけて、それによって集団中心主義を満足させている。

井上　なるほど。

司馬　そしてサリン事件のようなテロリズム。この先は断定を慎まなければなりませんが、テロリズムのなかで自集団の普遍性を獲得する。あるいはファンダメンタリズム＝原理主義を昂揚《こうよう》させる。日本がやっと世間並みになったということですね。イスラム原理主義に似たような集団が日本社会の内部に出てきた……。

日本文化が怠ってきたこと

井上　たしかに現在のオウム真理教を宗教運動としてとらえるのは間違いだと思います。宗教には、自分の心よりも他人の心を大切にしようという姿勢が基本にある。あるいは相手の心を自分の心と同じように思う姿勢があります。自分が他人になること。そのためには、相手の心と自分の心との境目を壊さないといけないんですね。ところがオウム真理教は、外との境目をどんどん厚く、固くつくっていく。そこが宗教とは違うという気はしていました。

もしオウムが本当の宗教であり、地下鉄サリン事件に手を下していないのならば、強制捜査の朝、麻原彰晃《あさはらしょうこう》さんはみんなの前に現れて、怯《おび》える信徒たちにすごくいい説教をして――テレビを見ている人もグッとくるようないい説教をして――自分ひとり機動隊に囲まれながら、機動隊が体に触れると静かにすっと手を払いのけたりして従容《しょうよう》として縛《ばく》に就《つ》くべきでした。それが初代教祖の大事な仕事です。そんなふうにしたら、テレビ時代でもあるし、いっぺんに人気が高まる（笑）。しかしあの硬さは宗教とは違うなにかです。自分たちだけ救済されればよいという、悪しきノアの方舟《はこぶね》的装置ですね。

司馬　キリスト教の場合は、自己とは何かというのが明快なんです。自分の内部に多分に倫理的な装置があって、それは神様が初めからお創りになっている。それによって人体ができ、そして人体が死ぬとその自己だけが天国か地獄へ行く。ボディのほうは単なる亡骸《なきがら》となる。これで明快なんです。だから、しじゅう自己を鍛《きた》えていなければならない。

ところが、このごろは自己にも第二、第三の自己がある。たとえば他人の腎臓《じんぞう》を移植したら異物として排除してしまうというように、免疫《めんえき》体系としての自己もあり、また遺伝子という自己もあるでしょう。自己を考えるうえでも忙しくなってきました。

自己の確立などといって、学校のときに習ったりしますが、一向に確立せぬまま、二十代そこそこで新興宗教に連れられていく。確立もしてない自己に対して解脱《げだつ》せよと、新興宗教はいう。解脱というのは、本来、自己がインド仏教の文脈で確立していて、その上で仏様になれるということです。それもなしにヨガをやっていればやがて解脱に至るのだと彼らはいいます。おっしゃるように、あの教団は、宗教として見ると非常に不合理で曖昧なところがある。宗教ではなく、強烈にエスニックじみた集団をつくったということでしょうか。

井上 その話で思い出したのですが、日蓮の信徒のなかに、夫、子どもと家族を次々に亡くして、いったいどうすればいいのでしょうか、と日蓮にすがりついた女性信者がいた。日蓮は答えに困って、「あなたの旦那さんもお子さんもみな、極楽浄土《ごくらくじょうど》で楽しく暮らしていて、あなたがくるのを待っている。だから、決して悲しむべきことではないんです」と言った。それで女性信徒は慰《なぐさ》められた、という話を読んだことがあります。

日蓮は来世《らいせ》浄土での再会をもって慰めのことばにしています。この来世は、文字通りあの世ですが、その他にも、この世のすべてを相対化する、どこか特別の場所という意味があって、その方が強いと思うのです。つまり、現在の世の中を相対化して、権力者や悪や不幸から明らかに違った立場に立つためには、違うところに立たなければだめなんです。キリスト教にしても仏教にしても、この世とは別のところにいったん自分を持っていって、この世のことをすべて相対化して見ようとするところがある。そうしたところがオウム真理教にはないんですね。ノストラダムスの予言詩を基に勝手に終末観をつむぎ出して、現世でその終末から逃れるにはどうすべきかを考えている。この世ですべて決算してしまおうとする。なにか非常にあわただしい、という感じがします。

司馬　それは日本文化そのものが怠ってきた問題でもあるんです。十三世紀以前から浄土教は広まっていくんですが、浄土という考え方が出てくる一方で、それまでの輪《りん》廻転生《ねてんしょう》という概念が、俗信、民間信仰に後退してしまう。平安初期に編《あ》まれた『日本霊異記《りょういき》』は、そのほとんどが輪廻転生の話ですね。自分の母親は死んで牛になった、だから牛は大切にしなければいけないというような、インドの土着信仰と変わらない輪廻転生の考え方はたしかにあったのが、日本人にはどうも合わなかったのか、来世はお浄土や仏国土になっていく。では、お浄土に行って何になるんだといえば、死んだということだけでもう解脱しているんだという。死んだら阿弥陀如来《あみだにょらい》が追い掛けてでも浄土に連れていってくれるというのですから。

井上　そこはいいですね（笑）。

司馬　いいんだけれども、浄土教がでてきたとき、死んだら牛になるとか馬になるとかといったこれまでのセオリーはどうなるんですか、という質問を当時の人々はしなかったんでしょうかね。輪廻転生は現代のインドにまでどっかりと居すわっていて、たとえばインドの人が東京の浅草寺《せんそうじ》にきたらお賽銭《さいせん》をあげる。あげたということは、来世は王子様に生まれるということでしょう。現世でカースト制度のいちばん低い身分であっても来世は王子なんだから、カースト制度にもあまり反対はしなかった。つまり現世で解決しないいんです。インド人が現代まで、あの古びた社会を維持してきたというのは、輪廻転生の考え方を大原理として信じていたことが大きいでしょう。ところが、オウム真理教はそういう古いインドの土俗思想の都合《つごう》のいいあたりを最近になって採り入れたのでしょう。十三世紀以来日本人がすこしごまかした部分、脇の甘さに、キノコ栽培をしたような。

井上　おっしゃる通りで、いま若い人たちに信じている人が多いんですね。前世は何だったとか記憶しているという子どもたちがたくさんいる。また、異界と交流ができるようになったという人がふえて、私は前世で何々でしたという報告も多くなされています。それが本当かどうかは知りませんが、短い一生のなかではどうしても不平等が起きる。それを平等に転化するためにはどういう装置が必要か、というあたりが宗教の勝負どころだと思うんですが、オウム真理教はそこが狭いんです。この世で何もかも解決してしまおうというところが……。

司馬　終末を近いところに設定しているから急いでるんですね。

井上　あわただしい。創価学会も、忌憚《きたん》なくいわせていただけば、少しあわただしいという気がします。

司馬　同感ですね。

「あの世」のイメージ

井上　ぼくの友人が突然、カトリックに入り込んで、ある日、自分の手の上にマリア様がいるって言いだしたことがあるんです。ぼくはまさかと思ったんですが、とにかく本人は真剣なので、上智大学のホイベルスという徳高い神父さんに聞いてみました。するとその高僧は、「そんなばかなことはありませんよ」と言う。「神父様はそういうものは信じないんですか」と聞くと、「いや、あの世があるかどうかは私にもわからない。ただ、死ぬ瞬間に、これからいいところへ行けると思って死ぬのと、これから荒涼《こうりょう》たる荒野を生臭《なまぐさ》い風と一緒に永久にさまようと考えるのと、なにもかも虚無《きょむ》だと思うのと、この三つを並べてみると、楽しいところへ行けると考えるほうがいい。そこで死ぬ瞬間に、あの世はきれいで楽しいところだということを信じることができるよう、想像力で一生かかってあの世は楽土だというイメージを頭のなかにつくりあげている。それがカトリック者というものなんです」とおっしゃった。

司馬　偉い神父さんですね。鎌倉時代の親鸞《しんらん》も同じ態度でした。彼は、死ねば必ず浄土に行くということを明示してはいないんです。その神父さんと同じように、行けるかもしれないと。

当時、関東は遅れているようなイメージがありました。実際はそうではないんですが、その関東の闇《やみ》のなかから、にわかに唯円《ゆいえん》というすぐれた散文能力をもつお坊さんが親鸞を訪ねてきます。それが『歎異抄《たんにしょう》』の筆者ですね。その唯円坊が「南無阿弥陀《なむあみだ》仏《ぶつ》を唱えると本当にお浄土へ行けるんですか」と問うと、親鸞いわく「私もわからない。ただ、大好きな法然さんがそうおっしゃるから、私はそうだと思っている」と（笑）。また阿弥陀如来が万人を平等に扱ってくださると信ずると嬉《うれ》しくて躍《おど》り上がりたい気持ちになることを「歓喜踊躍《かんぎゆやく》」というんですが、唯円坊が「歓喜踊躍するということでございますけれども、私は死ぬということで少しも雀躍《こおど》りするような気持ちにならないんですが」と聞くと、親鸞が「唯円坊もそうですか。私はこんなに高齢になってしまったけれども、私も一向に嬉しくならないんです」（笑）と答える。非常に正直なんです。

井上　そうなんですか。どこから見ても尊いカトリックの神父が、先のことは自分にもわからないけれども、自分はそうやって一生幻を描いてきて、その自分でつくった幻のなかに入っていくことが死ぬということだ、と考えていることを知ったときはショックでした。ここに死ぬということを真面目《まじめ》に一生かかって考えている人がいる……。

地侍からザビエルへの質問

司馬　日本に布教のために初めて上陸した西洋人がフランシスコ・ザビエルですね。彼は本来お坊さんではなく、パリのカレッジでアリストテレスの哲学を学んで、いまでいう助教授ぐらいまでになっていました。そこにご存じのイグナティウス・デ・ロヨラというお化けのような傷痍《しょうい》軍人が現れて、ザビエルと同郷のバスク出身の貴族なものだから、強引に坊主になれと口説く。いまプロテスタントという神の敵が勃興《ぼっこう》している、おまえもおれと同じように万里の波濤《はとう》を冒《おか》して未開の野蛮人に教えを広めようというわけです。で、ぼっちゃんのような穏《おだ》やかな性格のザビエルさんが日本にやってきて、布教をしているうちに日本人から質問が出た。「神様が世界をおつくりになって、何でも見そなわしているというのに、どうしてわれわれは発見されるのが遅かったのでしょう」と（笑）。

この話はザビエルがゴアのカトリックの本部にあてた報告書に書いてあるんですが、大勢の聴衆のなかから地侍《じざむらい》のような田舎くさい男が、揚《あ》げ足《あし》を取ろうというのではなく真剣に考えて聞いている。本当にザビエルを信じたいんです。ザビエルはきっと、それだけの魅力のあった人だろうと思う。ザビエルも、この国の人々は本当に正当な思考の上に立った議論をしてくる、それを説得するには大声を出してもだめで、レトリックや学問的な知識の上に立って話ができなければならないから、単なる神父よりもアリストテレスを学んだ人のほうがいいという意味のことを述べています。

井上　親鸞にしてもザビエルにしても、真面目ですね。

司馬　そうですね。ただ、親鸞が正直に「唯円坊、あなたもそうですか」と言ったようにはザビエルさんは言いませんでした。それはやはり一神教だからでしょう。一神教の絶対主義といいますか、この世界は絶対なる神様がおつくりになったという考え方ですから。この絶対という考え方は、たまたまギリシア哲学にもあるそうですね。

だから、ザビエルはその信者を納得させるのに、あるとかないとかを超越したものがこの世にあって、それを神様というのだと言ったんでしょう。これは想像ですが、神はこの世を等しく発達させようとなさらずに、日本は少し置き去りにしていただけではないかと（笑）。

井上　そうでしょうね。

司馬　私は井上さんが受動的に触れていらっしゃったカトリックというものの気分が好きなものだから、こんな話をするんですが、ザビエルも好きなんです。それで、ザビエルの生まれたお城まで行きました。都邑《とゆう》の城ではなく、城塞《じょうさい》だけの城、ザビエル城は日本の近世城郭《じょうかく》のように城塞だけの城でした。

夕暮れどき広場から入って行くと、年をとった修道士さんがひとりでカトリックの財産としてのこの城を守っていました。予告もなしに現れた私を親切に案内してくださった。名前を知りたかったんですが最後まで彼は名乗らないで、もうお化けです、お化けには名がありませんと言う（笑）。つまり七十歳を超えたらもうお化けなんだと。当時はまだ私も六十でしたけれども。で、その日私はカメラのケースをそこに忘れてしまって、あくる日その城に取りにいくと、私が取りにくるだろうと思っていたのか、その七十を超えた修道士さんがお城の前で待っていて、はるかにそのケースをひらひらと振ってくれているんです。そのとき、何ともいい気持ちになりましてね。人間がこうして生きてきて、信じ合えて、あいつもう一度忘れ物を取りにきたということを向こうも喜び、こちらもまた会えて喜んでいる。

カトリックのふところは深い

井上　それはいいお話ですね。カトリックの雰囲気といえば、ぼくがお世話になったラ・サール会は神父さんのいない修道士だけの会で、ジャン・バプティスタ・ド・ラ・サールというフランスの貴族が創始者です。イエズス会というのは、カトリック自体も最近はそうなんですが、神父がめいめいでいろんな活動をすることを異端とは見なさないようです。ラ・サールも、世の中が乱れているのは教育がないせいだと考えて、イエズス会の神父であるにもかかわらず、勝手に学校を開いてしまう。当時のヨーロッパは、どこかの大学を出た若い青年を貴族や金持が家庭教師として召し抱えて、一対一か一対二で自分の子どもたちに教育させるというのが普通でした。これでは金のある人間の子弟しか教育を受けることができない。そこでラ・サールは、先生一人に対して生徒三十人ぐらいの教室制度を、世界で初めてつくりだすんです。この方式なら貧しい父親でも子どもを教室へ通わせることができます。ところが、大勢の子どもにものを教えるのが意外にむずかしいことがわかってきた。つまり、大勢の子どもたちを同時に教育する技術が必要である。そこでラ・サールは、今度は師範《しはん》学校というものも世界で最初につくった。

司馬　そうなんですか。

井上　そういうとんでもないことを始める人を、三、四百年ほど前からカトリックは少しずつ許すようになったんですね。たとえば最近スペインでベンポスタという、日本語に訳すといい場所という意味でしょうか、子どもの共和国をつくった神父さんがいる。彼は自分の生まれた町に神父として赴任《ふにん》して、子どもが荒れ狂っているのを見る。そして、そういう子どもたちを中心に子どもの共和国をつくったんです。そこではそのなかだけで通用するおカネを発行したり、勉強をすればそれだけ賢《かしこ》くなって、周りの人に迷惑をかけないことになるのだからといって、教室にくる子どもには給料を払ったりする。子どもたちは勉強することで給料をもらい、その給料で国内の食堂やスーパーを利用して生活を立てている。これも相当物議をかもしたようですが、それでもカトリックは黙って見ているんです。

メキシコには、浮浪児のための孤児院をつくるためにプロレスラーになった神父さんもいる。彼、弱いんですよね（笑）。いま五十歳なんですが、今度は子どもたちに教育を授けるために、まだまだ稼《かせ》がなければいけない。六十歳までプロレスラーを続けるそうです。

プロテスタントは、善《よ》し悪《あ》しは別にしてかなり厳しく、これはやっちゃいけない、これはやっていいと揉《も》み合って、そのたびに分派していくわけです。しかしカトリックのほうは歴史のなかで、分派を認めることがカトリック自体を豊かにさせるというような、ふところの深さが出てきたのではないでしょうか。

あまりに宗教に無知な社会

司馬　なるほど。面白いですね。
　ザビエルが海外へ出たころがプロテスタントの勃興期と重なるわけですが、当時のカトリックは村の人々に対して司祭の神父さんが、一切を自分に任せろという態度でしたね。聖書を読みたいと村人が言ったら、おまえの貧しい頭で読んだってわからないといって、いわば聖書も独占していた。よらしむべし知らしむべからず。
井上　そうですね。
司馬　しかしすでにヨーロッパではビジネスの時代が始まっていて、遠域との通商もやっている。旅をかさねたり船に乗ったりしていると、教会に行くことはできなくなります。農業だけの社会だった時代のカトリックでは、信仰が続けられなくなっていたんですね。そこでプロテスタントが始まったと私は思うんです。つまり、プロテスタントであれば、聖書を一冊もっていればたとえ牧師さんを介さなくても自分と神と直接取引できる。

井上　産地直送ですね（笑）。

司馬　だから、プロテスタントは、オランダ人やイギリス人のようにやがては東インド会社の船に乗ってはるか日本にまで行かなければならない事情――その先駆《せんく》事情――のなかで出来上がったものではないかと思うんです。

それでカトリックはかなり痛手を受けるわけですが、カトリックは百戦錬磨《れんま》というべきか、その後産業革命があって、次にマルキシズムが出てきてと、ずっと戦ってきたわけですね。そしていまは変に世の中がアナーキーになっているのに対して、むしろそれを受容して、いまお話しのような活動的な神父さんたちを許容している。えらいものですね。

井上　で、その一方では昔ながらのトラピストのように、厳しい戒律を守って、三十年間街に出たことがないなんていう人がバターをつくったりしている。温存するところは温存しながら、一方では時代に合わせてメチャクチャといっていいぐらいに変えていく。この幅の広さと深さが、なかなか魅力的なんですね。少しカトリックをほめすぎたかもしれませんが。

司馬　私が二十八、九のときですが、京都の賀茂川《かもがわ》のほとりに宮様の屋敷があって、そこがドミニコ会という修道会に屋敷を売ったんです。そのとき私はドミニコ会という看板を見て、「ドミニコ会というセクトなんですか」と聞いたらあざわらわれましてね（笑）、「カトリックにセクトはありません。修道会があるだけです。ここは学問をしているだけの運動体なんです」と教えてもらいました。

　そうしたカトリックの現実的な活動体を二十八、九でやっと知ったわけですから、われわれの社会が宗教というものにいかに無知であるかということですね。これは今日の大事なテーマで、ちょっとしたインドの土俗的な考え方が、いま二十世紀も終わろうとしている日本の社会に入ってきただけで、すっかり動揺してしまう人が出てくる。それほど私たちの社会は、宗教という基本的なものに無知なんです。

井上　まさにおっしゃる通りですね。

キリシタンはなぜ禁制されたか

司馬　同時に思うのは、カトリックは病院や大学や高等学校を経営して、ずいぶん持ち出しをしてきたけれども、われわれはちっともお返しをしていないな、ということなんです。一説では戦国時代、三十万人も信者がいたといわれていますが、いまも三十万人ぐらいじゃないですか。

井上　そうですね、二十五万から三十万人の間でしょう。

司馬　カトリックは日本に対しては持ち出しばかりで、なんとなく申し訳ないような気がしないでもない（笑）。

井上　そんなこともないと思いますけれど（笑）。

司馬　ともかくふしぎだと思っています。戦国時代に三十万人というのは、当時の人口から考えれば大変な数ですね。それが秀吉から江戸初期にかけて禁制になったというのは、ひとつには最初に日本に上陸したイエズス会が、非常に攻撃的、戦闘的な精神をもっていた。それがいやがられたんじゃないかと思います。お寺やお宮を焼いてしまえというぐらいの勢いになっていくから、秀吉としてはやはりコツンとくる。しかも傍証がいろいろ出てきて、たとえば長崎県の大村はカトリック領になった。日本国は外国領になるのかと秀吉は思います。そのうえ、土佐の港に漂着したスペイン船の船長がフランシスコ会の影響を受けてイエズス会に敵対意識をもっていて、スペインはフランシスコ会の神父を派遣して日本を占領するつもりだということを言ったものだから、秀吉は断固としてキリシタン禁制に踏み切った。あとの徳川幕府も、もし憲法があったとしたら憲法第一条にキリシタン禁制をうたっただろうと思われるほどのつよい禁制をしくわけです。それほどきびしい禁制をしく必要があったのだろうか。

カトリックが江戸時代に三十万人でいいから自由に信仰が許されていたら世界の情報がいろいろ入ってきたんじゃないかということを、二十年ほど前に遠藤周作さんに話したことがあるんです。しかし遠藤さんは大いなる人ですな、「そんなことをしてたら日本はスペインに占領されてしまう」とおっしゃった（笑）。カトリックの遠藤さんをしてそんなことを言わしめるほど、とくに当時のフランシスコ会は、日本に先《せん》鞭《べん》をつけたイエズス会に敵対感情をもっていたんですね。またイエズス会で、陰謀《いんぼう》とか政治的に動くのがクセだった。

井上　クセですね、たしかに。イエズス会はとかく情報商社のように動くクセがあります（笑）。

司馬　いまでもスペイン人が「あの人はジェスイットです」というと、その人は銀行の頭取であっても相当裏のある人だと受け取られるそうですね。だから秀吉の感覚は正しかったかもしれない。

井上　日本をカトリック国、要するに植民地にしようとした証拠もありますし。やはりあのころのカトリックのなかには、自分たちの教えを信じない者は馬鹿だという傾向があったと思いますね。

司馬　フランシスコ・ザビエルは私にとって好きな人ですけれども、それでも鹿児島の坊津《ぼうつ》に上陸したあとで地に跪《ひざまず》いて祈りますね、この国を大天使ミカエルだったかな――に捧げます、と。要するに、ぼくらは捧げられてしまったんです（笑）。

井上　まことに余計なお世話です（笑）。

司馬　中近東をのぞく東洋人は世界を相対的にとらえるんですが、西洋人はキリスト教以来、絶対主義というものを持っていますから、どうしてもそうなってしまうんですね。ザビエルさんといえども、その枠《わく》からははみ出せない。

東洋が思想を打ち立てるとき

井上　相対的にものを見ていくということが、これからは本当に必要になっていくと思いますね。もちろん相対主義の欠点もあって、たとえば、この国はこの国でいい、あちらはあちらでいいんだというナショナリズムが、もっと出てくるかもしれません。そのあたりの思考の調整はもちろん必要ですが、これを信じている者が世の中の主流になるべきで、これを信じていない者は排除するという考え方はもう通らない。あなたはあなたで私は私という、東洋が持っている相対主義的な見方を育てていくほうがいいと思います。

司馬　私もそう思ってます。では、お釈迦《しやか》さんたちが持っていた「空《くう》」という概念は絶対なのか相対なのか。すべては空なのだから絶対なのかと思ったら、いや、違うんですね。相対世界の総和、あるいは言葉のシンボルとしての空、相対世界の解釈法としての空なのであって、われわれは空によって支配されてはいるけれども、ゴッドという絶対なるものに支配されるようには支配されていない。

私たちがドイツ哲学を読むのに苦労するのも、そしてその受け売りをしている明治、大正の哲学書を読むのが困難なのも、基本的には「絶対」がわからないということと関係がありますね。文章があまりお上手でなかったということもありますけれども（笑）、キリスト教を経ていない風土では「絶対」がついにわからない、というところがある。

井上　いまおっしゃった「空」のように、すべてを相対化してそのなかから普遍的なものは何かを問うていくような新しいものの見方を、西洋の人たちに頑張って研究してほしいという気もありますし、実はアジアの人がそれをやらなければいけないんですね。

司馬　そうです、アジアの人がやらなければいけない。
　たとえば脳死と臓器移植を考える場合、キリスト教では明快で、人が死んだら人体は異なるボディ、というよりモノであって、ソウルやスピリットは天国に行っているわけですから、ボディのほうは他に提供してもいいということになる。しかしわれわれの場合は、死とは何か、ということの探究《たんきゅう》を十三世紀以来、仏教神学者たちが怠《おこた》ってきたものだから、どう考えていいのか揺れてしまうんです。死体のことを英語では「イット」と言って彼とか彼女とかとは言わないそうですが、そのあたりももっとはっきりしてもらわないと困る。つまり文学部の先生が怠《なま》けたものを、医学部の先生が現場で大衆と向かい合って、処理しなければいけないわけです。私自身は、臓器移植はよくないと思っていますが。
井上　ぼくも同意見です。日蓮の書いたものを読むと、浄土でもやはり五体があるんですね。信じているいないは別にして、日本人の心のなかに浄土の絵図があって、そこでは五体満足の人たちがすべて解放されて親兄弟や友だちと永久に仲良くやっている。そして香《こう》のいい匂いや音が流れていて、それを目であれ耳であれ体であれ、すべて五官で感じとるんですね。そういうイメージが自然にしみ込んでいるところで、ある部分を区切ってそこに他人の臓器をはめ込むということには抵抗がある。そこまで長生きしなくてもいいんじゃないかという気がします。ちょっと没論理《ぼつろんり》ですけれども。

司馬　相対的世界であるから神聖だと考える。これは枝葉《えだは》のところまでいくと弊害《へいがい》はありますが、仮にそういうセオリーを打ち立てておくと臓器移植は意味がなくなりますね。あなたはあなたのこの世の生涯を終えればいいということになるだけのことですから、あと二年間生きなければいけないということは、どう考えてもない。ところがキリスト教では、脳死した人の内臓は無意味に新鮮だ、だから他に提供するのが人助けになるということになります。

やはりいま、日本や中国、東南アジアの学者がきちっとした思想を打ち立てなければいけませんね。

井上　ことに世紀末で、東も西も混沌《こんとん》をきわめているいまこそ、それが問われているのだと思います。

「昭和」は何を誤ったか

戦前の暴走、戦後の迷走――歪《ゆが》んだ国家の根源を問い直す

「なにひとつ確かなものはない」

司馬　このところの日本は、なにか煉獄《れんごく》にいるかのようですな。この不景気も異常ですし、その不景気に対して有効な手だてを講じられるような政府があるわけでもない。おまけに、異常なドルの急落ぶり。このまま日本社会はフライトを続けられるのかどうか、疑問ですね。

井上　日本経済にまっとうな市場原理があると思っていたらそうではなかった。円はあがる、株は下がる、円高で外国、主に米国債に投資している国民の貯金の値打ちが

どんどん減って行く。経済評論家のおっしゃることはたいてい当たらない。安全神話をはじめ、官僚諸公は優秀だという神話、会社は絶対だという神話、なにはなくとも最後にはコメがあるんだという神話などが次つぎに崩れて行く。これはなにか大変なことが始まっているのではないかとびくびくしています。拠《よ》り所を失って、裸で宙に投げ出され頼りなく漂《ただよ》っている日本人という印象をうけます。

司馬　日本が明治という国を興《おこ》して市場原理を導入したときから、国家そのものが航海をしはじめた。十九世紀後半の近代国家というのは、みなそうでしょう。それまでの江戸時代は、航海などしなくてもそこに存在していればよかったんです。しかし、航海をはじめた以上は、ナビゲーターがしっかりしていなければならない。そこで政府や、時代の風向きを研究する学者が問われてくるのですが、昭和の初めからここまで、ずっとうまくいっていませんね。昭和恐慌のときもきちんと処理できずに別の実行グループが満州事変のような事件を起こしてしまう。そして結局、太平洋戦争へと突入してゆく。

戦後もまたそうです。なんどか深刻な不況があっても、いったん目くらましにあうと不況から脱出したような心理的状況がつくられるという連続で、ここまでに至っています。いま何とかしないといけない。

井上　日本全国、どこへ行っても、みなさん、あまり元気がありませんものね。

司馬　おかしな不動産投資ばかりしてバブルを起こしたり。バブルというのは、古くは唐の時代の長安に、牡丹《ぼたん》の投機がありました。一茎何千両の牡丹、一城狂えるが如《ごと》しという詩があります。そしてこれは周知のことですが、十七世紀のオランダがヨーロッパ一の国民所得になったため、おカネがだぶついてチューリップ投資にむかった。牡丹やチューリップならまだいいんです。日本は土地に走ったものだから始末が悪かった。

ともかく日本はいま航海をしているんですから、上手に舵《かじ》取りしてくれなければ困りますね。

井上　ほんとうにそうです。具体的な数字でなくともいいのです。この深くて暗い霧のなかでどこへ進んでいけばいいのか、こちらのほうが明るいとか、こちらのほうは波が高いとか、それが知りたいのですが。

司馬　要路にある人達に、そういう大きな視点からものを言ってもらわねば。

井上　司馬先生のような方が百人ぐらいぞろっと団体様であらわれてくださらないものでしょうか。とにかく重大な時に必要な人間がいないのは悲劇です。「なんでもありだが、なにひとつ確かなものはない」という状態が長く続いて、今は、「世の中、なるようになればいいんじゃない」という判断停止のところまできているような気がします。

司馬　これ以上こんな状態が続くとまずいですね。

井上　化学兵器によるテロが起こるという、とんでもない事態もおこっていますしね。

司馬　終末意識を変な形で表現しているのが目下の毒ガス騒ぎでしょうか。アメリカ人にいわせると、テロリストたちはこれまで爆弾までは使ったけれども、毒ガスだけは使わなかったそうですね。人道的な見地からたれもが恐れ入って手をつけなかった。それがサリン事件をきっかけに、世界のテロの形式が変わってしまうのではないかと、彼らは非常に心配しています。

こういうことを平気でやる無神経さとはいったい何なのか。化学や毒ガスのような殺人兵器のマニアだった少年がそのまま大人になって、抹殺《まっさつ》主義と終末思想とを一緒にしてやってしまったことかもしれません。しかし、これはわれわれの社会の産物です。この種の無神経さは日本社会がずっと育ててきたわけですから、私たち日本人がきちんと反省しなければならないでしょうね。

明治憲法を得た喜び

井上　司馬先生は近代日本に何が起こったかということを、コツコツと事実を積み重ねて検証してこられました。たとえば明治憲法のもとで統帥権《とうすい》が鬼っ子のように生まれ、それが参謀本部の暴走を招いたということを「鬼胎《きたい》」という言葉で書かれたように。そうした作業を日本人は怠《おこた》ってきました。これまで語られてきた日本の戦後史、昭和史というのは、右から見ればこの事実をあげてこう、左から見ればまた別の事実をあげてきてこうだと、立場によって解釈がまるで違っています。そうではなくて、右も左も真ん中も、あるいは外国の人から見てもこれは確か、これも確かだという具合に確かな事実を積み重ねて、それによってこの五十年なり戦争前からの六十年なりを考え直す作業をやらなければいけないでしょう。不戦決議や従軍慰安《いあんふ》婦の補償問題が、戦後五十年たったいまになってこれほど混乱しているのは、みんなできっちりと事実を出してゆく作業を怠ってきたツケが来ているのだと思います。

司馬　そうですね。明治二十二年に憲法が発布されたとき、ドイツから東大医学部教授としてきていたベルツが日記に残していますが、当時の人々は「国民」になったことがやはり嬉《うれ》しかったんです。そのことを忘れるべきではない。そして議会もできた。むろん議員は所得の高い人だけで、選挙権も一定額以上の納税者に限られてはいましたが、それでも一様に国民になったという喜びがあった。その後も明治の政府はそれほど間違ったことはしていませんでした。大正が終わって昭和がはじまるまで、日本人は政府を信用していたんですね。

ところが、昭和になって、その政府の内部で憲法解釈がこっそりと変えられていった。もともとの憲法解釈では、外国と同じように三権分立でした。そして内閣制度のもとで各級国務大臣が天皇を輔弼《ほひつ》する。その意味で天皇には政治上の責任がなく、最終責任はすべて各級の国務大臣にありました。ご存じのとおり、昭和初年まではずっと美濃部《みのべ》憲法が正統な憲法解釈でした。明治三十二年に政府が東大から美濃部達吉《たつきち》さんをヨーロッパに派遣して大日本帝国憲法の解釈を確立せよと命じた。京都大学からも佐々木惣一さんをドイツに派遣しましたが、美濃部さんのほうが非常に明快だったから、当時の官僚はみな、美濃部解釈で憲法を勉強したんです。

井上 大正期から議論がさかんだったようですね。美濃部解釈に真ッ向から対立するものに同じ東大の上杉慎吉博士の説があって、上杉解釈は一口に言うと「天皇主権説」ですね。これに対して美濃部解釈は、団体的人格者である国家が最高統治権を持っているという説でした。

司馬 街を巡回しているポリスが機関であるように、天皇も機関である――天皇機関説ですね。昭和天皇も皇太子時代、美濃部憲法が正統だったなかで成長したものですから、自然に天皇機関説をとっていた。のちに天皇機関説を排撃《はいげき》する運動が起こってきたとき、昭和天皇は、どこが悪いんだろう、天皇はステートの一機関じゃないかといったそうですね。ところが、三権のほかに統帥権というものがあると勝手に解釈した連中がいた。そんなものがあるはずはないんです。しかし、有力な法学上の反対もなく、あるいは政治家たちの未成熟のために、まるで異常妊娠で子宮内におかしな鬼っ子ができたかのように、統帥権の問題はしだいに大きくなっていった。

陸軍参謀本部の秘密図書があります。『統帥綱領《こうりよう》・統帥参考』というもので、それによれば、彼らは統帥権によって超法規的に日本国を統治できる、というところまで考えていたんです。そんなとんでもないものを、しかも国費によって士官学校を出、国費によってサラリーを支払っている人間たちが考えていたということを私たちは知らずに、寝たり起きたりしていたわけです。

その鬼胎が、まず第一段階として昭和十年に天皇機関説を攻撃し、美濃部さんの著した『憲法撮要』を発禁処分にした。焚書《ふんしょ》したようなものですね。美濃部さんの憲法で試験を受けて通っている官僚がずらりと並んでいるのに。そこからはじまって、日本は考えられないような国家行動を次から次へと起こしていくのですが、そのころもう私は生まれていましたから、なんであんなことをやったんだろうと、ずっと考えてきました。

井上　平凡社を興した下中弥三郎が昭和九年から「維新」という月刊誌を発行していますが、昭和十年四月号では貴族院の全議員に発した「天皇機関説—支持か反対か?」というアンケートの特集をしています。棄権《きけん》したのは二人。あとは全員が「反対」です。おそれ入るのは、大部分の議員が、「学問のことだからよくわからないが、反対」と答えていることです。昭和天皇自身が、「自分は国家の一機関である」と認めているのに「皇室の藩屏《はんぺい》」たる人たちが、軍や日本主義者たちに怯《おび》えています。情けないような話です。よくわからないならもっと議論すればいいのに、と思いますが、もっともこれは今だから言えることかもしれません。

普遍性なき「絶対主義」

司馬　昭和十八年に兵隊に取られるまで、自分の一生の計画を考えていました。たとえば昭和十一年に小田獄夫《たけお》さんという作家が『城外』で芥川賞をもらいました。その小田さんのように、外務省にノンキャリアで勤めて、どこか遠い僻地《へきち》の領事館の書記にでもなって、十年ほどして、小説を書きたいと思っていました。遊牧民と農民との宿命的な争いが主題でした。そこに至るには外務省の留学生試験にさえ通ればいい。当時、留学生試験というのは特殊な言語――私はモンゴル語をやっていました――の場合は楽だったんです。ところがいきなり兵隊でしょう。ひとの人生の設計を台無しにして、そんな権能をいつ誰が国家に与えたか、とふしぎに思いました。しかしよく考えてみたら、大日本帝国憲法というものが明治二十二年にできていて、しかも国民が喜んだと聞いている。むろん徴兵《ちようへい》の義務もふくまれる。たとえ欽定《きんてい》憲法でも、あのとき約束してしまったんだなあと思うと、年貢が納まったように得心したものです。まあ、自分自身を納得させるためにそう思ったんですが。

それでも兵隊から帰ってくると、なんであんなバカなことをやったんだろうという思いがありました。近代戦の用意もせずに近代戦を起こしてしまう。

井上　たしかに今から思うと笑い話のようです。開戦当時のアメリカのGNPは日本の十二倍、自動車の生産量は日本の八百倍。おまけに鉄の原料の九割を日本はアメリカから輸入していました。理性があればアメリカとは別の外交、つき合い方があったと思うんです。ただ日米の戦力比は一対二でした。昭和十九年には、日本の戦力比は一対十六にまでなってしまいますが、とにかく開戦時は一対二でした。軍部はそこしか見ていなかったのかもしれません。背景捨象《しやしよう》、視野狭窄《きようさく》というやつですね。でなければバクチです。軍は国家を元手にバクチを打ったわけです。

司馬　ノモンハン事件（昭和十四年）を研究しているアメリカ人で、コックスという学者に会ったことがあるんですが、「なんで司馬さん、あんなジャンクみたいな戦車に乗って……」と言われまして（笑）。ジャンクというのはアメリカのスラングで、相当なボロのことをいうらしいですね。そのろくでもない戦車でも、昭和十二年に製造費が三十五万円もしたんです。戦闘機が七万円で爆撃機が二十万円のときに。

ノモンハンのとき私はまだ中学生ですが、後年調べると須見新一郎という大佐がいきなり連隊長になって、千数百の部下を率いて曠野《こうや》を行軍しています。須見さんは晩年、信州の上山田《かみやまだ》温泉の宿屋の主人になっていましたが、話をききにゆくと「あれは元亀《げんき》天正《てんしょう》の装備だ」とおっしゃる。つまり、織田信長の時代程度の貧相な武装だという。幼年学校から士官学校に入って、陸軍大学校も出たプロの連隊長がしみじみとわが部下を見て戦争の現場で「元亀天正だ」という言葉が浮かんだというのもすごいですが、それが日本の開戦前の実態だというのに、参謀本部はいったいどんな空想力があったのか。その二年後に国家を対米戦争にたたき込んでしまうような妄想《もうそう》集団がいたわけですね。

井上　それは、前回の話に出た「絶対主義」と関係はないでしょうか。西洋と違って東洋は「相対主義」だけれども、あの一時期は日本が奇妙な絶対主義に陥っていたというような。

司馬　関係があると思います。ただし、本当の意味で「絶対」の考え方を訓練されていれば、同時に普遍性という概念も出てきたはずです。神は普遍的ですから。ところが日本で絶対というと、「天皇は絶対である」といった使われ方ですね。十三世紀の親鸞《しんらん》も、南無阿弥陀仏を唱えまいらせればお浄土にゆけるということを「絶待不二の道」と言っている。東洋において絶対はアブソリューションの意味ではなく、筒いっぱいの表現として使うんですね。二つとないという強意だけで使う。明治憲法における天皇の地位は二つとない。天に二日ないがごとく地に二王なしという意味での絶対であって、西洋哲学やカトリックのアブソリューションではないわけです。なぜかといえば日本的絶対には普遍性がない。ほかの民族に言ったところでそんなものはわかりません。

井上　そうですね。

司馬　そういう観念を子どものころからたたき込まれ、しかも自分は秀才だと思い込んでいる軍人たちが暴走した。須見新一郎連隊長が言っていました。「大正末年から軍縮がはじまって、さらに昭和恐慌で何人もの将校が首を切られた。将校の給料は小学校のとき同じクラスの秀才だった高等文官より低くなっている。しかもおれたちには軍縮があるが、高等文官に軍縮はない。それなら騒動を起こしてやれという気分があったに違いない。青年将校たちの騒動も、崇高《すうこう》な理論に立ったものかもしれない、青年たちをとらえる何事かであったかもしれないけれども、私はそう思ってました」と。須見さん自身も、自分は小学校のときクラスで一番で、二番だった級友が高等文官に通って奈良県知事になっている。おれはまだ少佐だというような不満があったと、声涙《せいるい》ともに下《くだ》る感じで話していました。彼は軍というものを憎悪《ぞうお》してましたからね。

というのは、ノモンハンでは敗戦の責任を、立案者の関東軍参謀《さんぼう》が取るのではなく、現場の連隊長に取らせている。天幕のなかにピストルを置いて、暗に自殺せよと命じた。須見さんは自殺しなかったんです。あいつらが悪いんじゃないかと。それでクビになりました。「子どものころから自分は軍人だった。それをいきなりクビにしやがった」と、どうも相対的な恨《うら》みではありますが（笑）。

ですから、カトリックやギリシア哲学ふうに解釈した絶対、つまり普遍性に裏打ちされた絶対ではなく、明治以後、フランス語や英語の対訳語として絶対という言葉がつかわれただけのことでした。そして明治憲法の解釈でせっかくステート――つまり法治国家――のシンボルが天皇だということになっていたのにもかかわらず、それを「絶対」に置き換えていったわけです。

「煉獄」をさまよう日本人の思考

井上　アメリカの統合参謀本部にある用兵の基本思想では「帰還の可能性が五〇パーセント以上ないと、絶対にその任務は与えない」のだそうですね。生還の可能性が五〇パーセント以下の作戦を立て、実行すれば、司令官は戦死者を「犬死《いぬじに》」させたということで弾劾《だんがい》されるとも聞きました。けれども当時のわたしたちは、たとえば日本海軍の「九死一生」というような謳《うた》い文句をまったく疑いなく受け入れていました。そして、自分たちも、あと四、五年したら、その「九死一生」、生還率一〇パーセントの戦場へ出て行くんだと考えていました。生還率は一割でも残る四割は精神力で補えばいいと思っていたわけです。しかし、これでは勝てない。もう一つ、日本軍の兵食はじつに粗末《そまつ》でした。軍馬の方がいいぐらいです。そういうことを考え合せると、当時の軍上層部はなにを考えていたのかと思って、今でも腸《はらわた》が煮えくり返ってきます。彼等は戦場へ送り出す同胞を、同胞と考えていなかった。馬以下の、そう、犬程度にしか考えていなかった。近代兵学の基本思想すらなかった軍指導部に犬死をさせられてしまった。こんなことを言うと、遺族の方々を悲しませ、怒らせるだけですが、しかし、「九死一生」という無茶な用兵思想で、大事な夫や父や兄を「犬死」させられたと考えてはじめて、戦没者の方々が浮かばれるのだと、考えます。憲法学者の樋口陽一さんが、「戦死者の方々は犬死を強いられたのだ。そこに立ってはじめて、あの戦争を客観化できる」と言われていましたが、まったくその通りだと思います。精神力は大事ですが、近代戦においても、最後は合理的な兵学思想を捨てて、成算のないことへその場の雰囲気で踏み切ってしまうことや、あるところまで客観的に見ていたのがパッと主観的に切り替える癖《くせ》が日本人にはありそうな気がしますね。

司馬　あります。ただしそれは大正末年から昭和にかけての日本人の思考の特徴で、日露戦争のときはなかったんです。この開戦では三〇パーセントの死傷者が出るということはあらかじめ見込まれていました。むろん、三〇パーセントの死傷者が予想されてもやるんですが、それが七〇パーセントの死傷率であればやりません。日露戦争まではノーマルな国民だったと思います。

ついでながら、ノモンハンは結果として七十数パーセントの死傷率でした。七〇パーセントといったら、現場では全員死んでるというイメージです。ヨーロッパやアメリカでは、たしか三〇パーセントの死傷率が出た場合には現場の指揮官の決断で撤退していいことになっている。ところがノモンハンでは、七十数パーセントの死傷率でもなお退かなかったんですからね。これは日本人の思考の弱さというべきでしょうか。ノモンハンの現場での最高司令官は小松原道太郎中将でしたが、当時軍医大佐で小松原師団の軍医部長だった人が回想記を自費出版しています。あるとき軍医部長が小松原さんの天幕に近づくと、小松原さんが「もうこうなっては何も打つ手がない」と。「しかし」というところが日本人なんですが、「日本の兵隊さんは強いと聞いてるから、何とかなるだろう」と言ったそうです。これ、プロが言ってるんですよ。プロである陸軍中将、それも現場の最高司令官はもう下りている。「強いと聞いてる」というのは、きっと軍人になる前、小学校のときにでも、日露戦争のときはみなさん強かったと先生から聞いたというようなことでしょう。そうして、絶対とか普遍性というたこととは無縁《むえん》の逃げ場所にいってしまう。

井上 あの世とこの世の境目みたいな世界へ、ですね（笑）。

司馬 煉獄のような（笑）。地獄へも天国へもゆけないような状態を、近代になってからの日本人の思考はさまよっているんじゃないですか。

ワーグナーの『さまよえるオランダ人』は、煉獄へ行ったオランダ人船長の物語だそうですね。今日はホリデーで船を出して仕事をしてはいけない日なのに、その船長は金儲《もう》けが好きで港を出してしまった。船は沈んで、船長は天国にも地獄にもゆけず煉獄でさまよう。尊いことに、無垢《むく》な少女の愛を得て船長は本当に死ぬことができた……。そのあと地獄に行ったか天国に行ったかはわかりませんが、「本当に死にました」というオペラができたのは、その思考の素地に「絶対」という観念があったからこそでしょう。ところが、私たちは近代に入って、ずっと煉獄のほうにいるような気がします。

井上　幸、不幸を直観することができずに、たくさんの苦患《くげん》を味わうところが煉獄ですから、これは辛いですね。

司馬　日本人のみながみな煉獄にいるわけではないのですが、非常にものを考える能力の高い人があの世でもこの世でもないところで思考している。小松原中将もその一人でしょう。不幸なことに、小松原中将はノモンハンの前はソ連駐在武官でした。ソ連軍の装備が、往年のロシア軍とは違って機械化されていると報告すると、あいつは恐ソ病だといわれて出世が止まったそうです。だから報告しなかった。

小松原というオランダ人の船長がノモンハンという煉獄へ行ったのは、出世が止まるのを恐れて正確な報告をしなかったからです。そういう目にあって、ついに最後に「日本の兵隊さんは強いと聞いてるから、何とかなるだろう」という、救済にもならず地獄にも行けないつぶやきが出たというのは象徴的な、演劇的な光景ですね。

井上　先日、アメリカ映画で『トブルク戦線』（一九六七年公開）という、ドイツのロンメル将軍とイギリスのモントゴメリー将軍が北アフリカで戦った有名な包囲戦を描いた作品を観ました。そのなかで、モントゴメリー将軍が参謀たちに、いまこの作戦を展開すると死傷率はどれぐらいになるかというようなことを計算させる。それで、これはドラマですから、参謀たちが「五二パーセントです」というようなこまかい数字を出します。するとモントゴメリー将軍は戦闘をやめてしばらく閉じこもる決心をする。ロンメルのほうも、同じような計算をしています。欧米では戦さというのはあるところまでは机上《きじょう》とはいえ計算を立てるわけですね。あるところまでは実証主義をやって、そこから先は司令官が賭けてゆく。そのへんは日本とはずいぶん違う。わたしにも日本的なところがあって、いまだに仕事が明らかに間に合わないのに、あとは気力でなどと言っている（笑）。

司馬　日本の兵隊さんになってしまう。

井上　しかもだいたい敗れるんです。これはちょっと考えなければいけませんね。

司馬　えらいところに話がいきましたな（笑）。それはさておいて、計算を無視して精神力でという無茶を心意気として、私たちは生きてきたわけです。二律背反《にりつはいはん》の、細いロープを綱渡りするような行為を心意気だというのは、いったいどんな先祖からの遺伝なのか。そういう思いはありますね。

自治の精神をつくりあげるには

井上　先ほどの憲法の話で思い出したのですが、昭和二十四年ごろに、カナダ人の修道士に聞かれたことがあるんです。「新憲法が出てから、地方自治とか高等学校でも生徒自治会とか、自治、自治という言葉をよく使いますが、自治とはどういうことだと思いますか」と。

みずから治めることとかなんとか、わけのわからないままに答えたのですが、その修道士は「そうじゃない」というんです。アメリカやカナダでは、まず誰もいないところに——といっても先住民がいますから、ある意味では勝手な話ですが——いろいろな人が集まってくる。ガンマンもいれば商店主も開拓農民もいる。そういう人たちが雑然と生きているうちにやがて、ここに町をつくろうではないかという話になる。人も集まってきた。子どももいるから教育も必要だ。図書館も要るし劇場も要る。それから水道、下水道。という具合に、みんなで集まって、この町をこういうふうにつくりたいという理想、理念、目標を書く。これが州政府に提出する認可許可状で、英語でチャーターという。

つまりある場所へ集まった有志の者たちがこういう町をつくりたいという許可状を州政府に届け出る。それがチャーターであり、日本語に訳すと憲法であるということなんです。

司馬　なるほど。それは明快ですな。

井上　ですから、自分たちの町は警察を持たなくてもいいんだと住民が決めれば警察のない町ができますし、図書館だけは充実させようといえば図書館のたくさんある町ができる。その町の人たちが責任を持って自分たちの町をつくろうということなんです。もちろん、思いどおりにはいかないことのほうが多いのですが、その精神がすなわち自治なのであって、町を解散することさえみんなの投票でできる。株式会社のようなものですね。「だから、日本の自治ができあがるには、これから相当な時間がかかりますよ」と、その修道士さんは言っていました。最近も地方自治のあり方がよく議論されていますが、われわれはここをこういう町にしよう、こういう国をつくろう、そのためにはこういう合言葉をつくろう、それをみんなで守ろう、という経験をしてきませんでしたね。もちろん、現実にそれをやろうといっても、歴史的な事情からいってむずかしいのですが。

司馬　昭和八年に京大法学部の滝川幸辰《たきがわゆきとき》教授を文部省が休職処分にしたことで滝川事件が起こりましたね。文部省の処分通告に対して教授会の自治への侵害だとして法学部の教授が連袂《れんべい》辞職した事件です。この事件は私が少年のときにおこりました。戦後、京大担当の新聞記者になったものですから、この過去の事件を勉強せざるを得なかった。それで戦前の雑誌などを読んだりした。なにしろ、戦後、学生たちが大学の自治をといって騒いでいるときに、大学にもどってきた滝川さんが総長だったものですから。その滝川さんがぼやいているんです。学生に自治などあるか、守らねばならないのは教授会の自治なのだと。なるほどそのとおりだと思ったものですが、さらに大人になってからドイツの大学制度を調べてみると、いま井上さんがおっしゃったのと同じなんです。

シーボルトが出たのはヴュルツブルク大学ですね。シーボルトは江戸末期にオランダ海軍の少佐と偽《いつわ》って日本に来ましたが、本来ドイツ人で、父親もおじいさんもヴュルツブルクの大学の医学部教授です。彼等の来歴をたどると、ドイツの町のなりたちかたがちょうどよくわかる。偉い内科医がいるとその隣に小児科医がきて、婦人科医もきて、やがて基礎医学の教授もやってくる。それでは大学を興そうではないか、となります。それには自分たち同業者である教授たちの自治にしないと、国王や教会が文句を言ってきたときにはねのけることができない。それで大学街ができたわけです。さらに、基礎医学だけではいけない、哲学の教授も呼んでこよう、ドイツ語の教授も呼んでこなければいけないと、そうやって、みな同業者として大学をつくりあげた。ですから、助教授には教授のポケットマネーからサラリーを払う。助教授という国家公務員がいるのではなく、教授が雇っているアシスタントにすぎないわけです。

日本の近代国家はここまで非常にうまくできあがってはきましたけれども、なにせ土壌のなかったところに木を植えたものですから、東京大学というものをボンとつくったら、助手まで国家公務員になっている。

綻《ほころ》びだらけの近代史を知る

井上　憲法ということで今回、とても感銘《かんめい》深かったのは、司馬先生が昭和十八年に召集されたときに、では憲法を見てみようとお考えになったことでした。その発想がわれわれには乏しいのです。困ったことがあったときに、じゃ、憲法を調べてみようという習慣がなかなか根づいていないのです。憲法は法のなかの法だから、大切なこと、法治国家の精神はこの憲法のなかにあるはずだというふうには、われわれは憲法を使っていない。いつもどこかへ置いておいて、誰か気がついた人が時に憲法を持ち出すけれども、その持ち出し方が通りいっぺんで、しかも正義面《づら》をして妙《みょう》な引用のしかたをする。だからわれわれはますます嫌いになってしまうんです。

憲法にしろ自治にしろ、みんなで決めたことを拠《よ》りどころにして目の前の問題を考えていくという習練を、日本人はあまりやってきていない。あまりに平和で、うまくいきすぎたからでしょうか。しかしこれからは、そのあたりの修業もあらためてやっておく必要があるという気がしています。

司馬　大学の自治でいえば、根源から考えたら同業組合だったわけですから、自治というのはあたりまえのことですね。そのあたりまえのことを、近代国家を日本につくりあげる過程のなかでは説明している余裕がなかった。文明というプラントを完成品のまま輸入するんですから。そう考えると、この百数十年の日本というのは痛々しいような国ですな。

井上　そうですね。明治のはじめから憲法発布《はっぷ》のころまでは本当にみんな頑張っているんですが、そのあたりは急いでいるからしかたがなかったのかもしれません。

司馬　東大の造船学科を出て、明治三十年ごろにアメリカのフィラデルフィアのちいさな造船工場に労働者として入った人がいましてね、彼はのちに立派な技師になるんですが、子どものころから自由とは何かということがわからなくて、それで悩みに悩んでアメリカに渡るんです。

あるとき街に出て労働者のためのビアホールにゆくと、おつまみをいくら食べても無料だという。チーズやスナックなどが山盛りになって目の前にあるおつまみが、ジョッキ一杯注文するだけでタダ、「フリー」と書いてある。それを見て、「あ、自由というのはこれか」と（笑）。その人の自伝に大まじめに書いてある。こんなところからスタートしているのですから、よくやったとはいうものの、たいへんな綻《ほころ》びを抱えたままで今日までできているのはたしかでしょう。

井上　その綻びだらけの近代史の過程を、うんと速度を速めながら、追体験でもいいですから、われわれより少しあとの世代の人たちに知ってほしいですね。わたしたちも知らなかったことがたくさんありますが、理屈だけはこうなんですよということをわかっておいてほしいと思います。

司馬　前回は仏教とかカトリックといった人類の基本思想の話をしたわけですが、その基本思想も、中学や高校のときに授業で教えるべきなのでしょうね。日本における基本思想、それから明治以後に入った基本的思想とはどういうものなのかということを知らなければいけない。宗教という名前になっているから公立学校では教えないというのでは具合が悪いでしょう。世界市民になって大きな顔をしている日本人としては、たとえばイスラム教とはどんな宗教かという基本的なことぐらいは、高等学校の二年生のときに習ったということでなければならないでしょうな。

井上 同感です。司馬先生は複雑でこみ入っている明治維新というものを、坂本龍馬のような人物によって一つの世界モデルとして提示してくださった。それを通してわれわれは、明治維新を理解したわけです。つまり典型のありがたさというのでしょうか、『この国のかたち』第二巻の中で書いていらっしゃることですが、「あの老人はあの会社の大久保彦左衛門です」というと、あの老人もあの会社も理解可能になる。司馬先生は龍馬と維新とを典型化して下さった。いま、世の中は混沌《こんとん》として、株は安い、円は高い、不況からは抜けだせない、サリン事件のようなテロリズムも起こるという状況です。そのときに、いまをモデル化してこの時代を、ある典型として面白く小説に描いてくれる作家が必要ですね。

司馬 必要だと思います。一典型として取り出すとその時代がわかるという人物。そういう人間が描かれているものを、私も読みたいですね。

よい日本語、悪い日本語

政治も文化も「ことばの力」を見直す時がきた

鎌倉で「谷」を思う

司馬　先日、さほどの目的もなく鎌倉へゆきました。そのとき、なにかのはずみに澁《しぶ》澤龍彦《さわたつひこ》さんの未亡人のお宅を訪ねるはめになったんです。澁澤さんの好みなのか、こぢんまりしたたいい西洋館でした。内部も感じのいい家ですが、それよりもヤト（谷）あるいはヤツという言葉の意味がよくわかりました。澁澤さんのお宅はその谷《やと》のいちばんきわまったところにあるんです。たまたま雨が降っていたものですから、鬱然《うつぜん》として草木が水になって家に襲いかかっているような感じでした。そのときにハッと思ったんです。ああ、漢字の「谷」というのは、本来ヤトなんだと。

普通われわれが思っているタニは「峡」という漢字をあてるか「渓」をあてるかどちらかが適当であって、それに対して「谷」というのは、「進退谷《きわ》まれり」という動詞にもなるように、きわまったところにあるものなんですね。谷《やと》というのはこういうところかと、いい気持ちでした。

井上　ぼくがいま住んでいるのも谷《やと》のきわまったところで、その湿気にはすごいものがあります。山の湿気と海の湿気とがぶつかって谷《やと》にたゆたっているらしいんですね。とくに梅雨《つゆ》から九月半ばまでは大変です。押入れの下には水滴がたまってる、革製品には黴《かび》が生える、本はシワシワになる。二階はまだいいんですが、下に降りてくると三十秒ぐらいでズボンが湿気を吸ってなんとなく重くなって、脛《すね》にまつわりつくようになる。湿気がこれほどのものとは思いませんでした。

ただ、十月から六月までがとてもいいんです。先生がおっしゃったように、木々の枝が家になだれ込んでくるような感じで、深呼吸をすると花や松の木やいろんな草木の匂いが一度に体に入ってきます。差引き勘定《かんじょう》をしますと、ま、並といったところでしょうか。

司馬　澁澤さんの住んでいる谷《やと》の奥には、窟《やぐら》という、鎌倉時代独特の侍《さむらい》たちの墓がありました。古代の横穴古墳のような穴の中にかぼそき石の塔があって、「この窟《やぐら》は地主さんのお墓なんです」と澁澤さんはおっしゃる。地主さんというのは建長寺《けんちょうじ》のような大きなお寺の宮大工で、宋から来た人の家系にあたるそうです。この話を聞いたときには、やっぱり鎌倉だと思いました。

　鎌倉の大寺の建物はだいたい宋の形式ですから、京都や奈良のお寺を見慣れた者にとっては違和感があって、エキゾチックなんです。

井上　うちの谷《やと》にも窟《やぐら》が二つあります。調べてみると、昔、青蓮院《せいれんいん》というお寺のあったところでした。窟《やぐら》というのは位《くらい》の高い武士や坊さんを葬《ほうむ》るところですが、まだ生きているうちに運ばれて、窟《やぐら》の中で息を引き取るんだそうですね。

ぼくの家は、ダム工事で壊されることになった加賀《かが》の農家を譲《ゆず》ってもらって移したんですが、解体した加賀の大工さんが鎌倉に来て組み立てるとき、その窟《やぐら》の中に寝泊まりしていたそうです。なんでもおそろしい夢を毎晩のように見たそうです。ぼくも引っ越して二、三日のあいだ、夜中に仕事をしているときに、「やあやあやあ、遠からん者は音にも聞け。近くば寄って目にもみよ。我こそはやあやあやあ……」なんて合戦の声が聞えたりして（笑）。いまは慣れましたが、谷《やと》というのは、なにか独特ですね。

司馬　独特です。窟《やぐら》を見ると、最初は異民族のような感じがしますね。おそらく平地の少ないところだからと誰かが最初に考えついたのであって、べつだん異民族、異文化の所産ではないと思いますけれども。

井上　そうでしょうね。それにしても、窟《やぐら》というのはなんだか不思議な空間です。

関東の子音、関西の母音

司馬　鎌倉といえば、源実朝《さねとも》というすぐれた歌人に「たまくしげ箱根のみうみけけれあれや　ふた国かけて中にたゆたふ」という有名な歌がありますね。この、心を「けけれ」と言っているのが面白い。

私のようにずっと関西に住んでいると、いまでも東京弁は子音《しいん》の発音が上手だと感じるんです、日本語にしては。たとえばクスリと言うとき、私はuの発音を重んじるために口先でクゥと言いますが、東京の人が口蓋《こうがい》の奥でクッと言うのを聞くと、ああ、これは純粋子音だと思うことがある。kの後のuは要らないんですね。実朝の歌の場合も、ココロと関西風に発音すると母音が重くなりますが、ケケレと言うと、子音が目立って軽快な感じになる。だから実朝の言葉もきっと、子音の頭から頭へポンポンと跳んでいくような発音の癖《くせ》のある言語を使っていたのだろうと思います。

これは言語学の知識をまったく無視した感覚的な思いつきですが、上方の言葉はハ

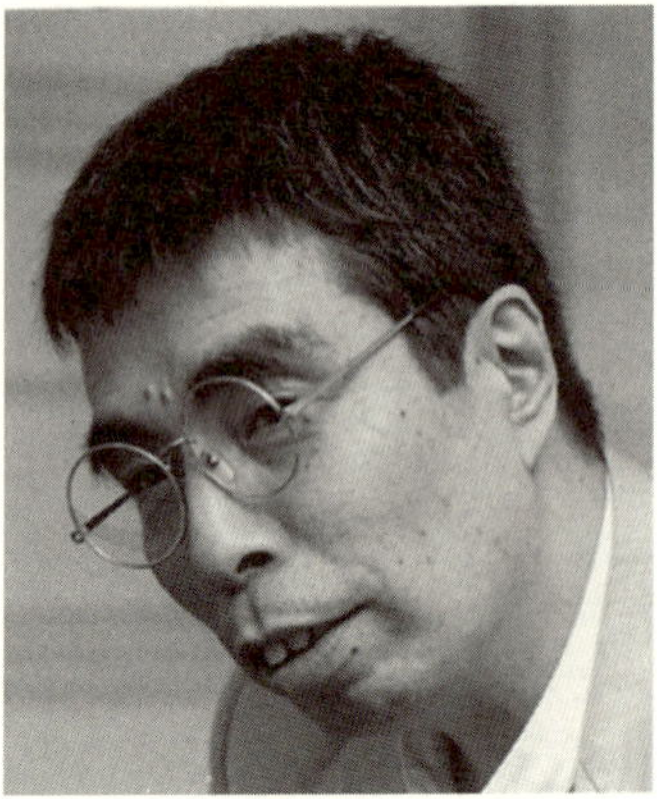

ワイの人が「アロハオエ」というようにポリネシアの言葉に近くて、関東の言葉は北方アジアに近いのではないでしょうか。私が習ったモンゴル語も女真《じょしん》、靺鞨《まつかつ》に代表されるツングース系の言語ですが、私は子音が難しくて、結局、日本式の発音しかできなかった。

そんなことを考えているうちに、言葉とは概《がい》して子音なのではないかと思いました。要するに母音とはア、イ、ウ、エ、オと言うように、呻《うめ》きであって言葉ではない。それを歯や舌を使ってきれいに子音を組み合わせてはじめて言語になるのではないかと。

井上　東北から出てきたときに、東京の人の言葉を聞いてレコードの針がパッパッパッと飛ぶような印象がありました。東北の言葉はさまざまですが、共通してやはり母音が残るようです。たとえば「けー」は食べなさいという意味で、「くー」は食べます。有名な例では、どこへ行くを「どさ」、お湯に行くを「ゆさ」と言いますね。そんなふうに母音を立てて発音する地方に育ちましたので、はじめて東京弁を聞いたとき、あ、これが歯切れがいいとかべらんめえとか言われる言葉なのかなと思いました。

これを一般に「母音脱落」と言って、東京で一時期、とても目立った現象だったそうですね。「そうです」にしっかりuをつけると「そうですぅ」という京都弁になる。逆にス、ト、という音を母音なしで発音することが、二十年前あたりの東京語では盛んだった。そしてそれが粋《いき》だとされていた。

ところが、大橋巨泉さんや青島幸男さんの話し方を聞いているとそうでもないんです。両国、日本橋など、東京でもほんとうの下町ではわりあい母音を丁寧《ていねい》に言う。東京でもいろいろな層があるということを、のちに気づいたのですが、たしかに最初の印象としては闊達《かったつ》さ、滑《なめ》らかさ、軽快さを東京言葉に感じました。

司馬　意識してそうなっていったのか、あるいは古代関東の言語からそうだったのか、なかなか難しいところですが、たしかに関東の言葉にはそういった感じがある。反対に南部（岩手県）あたりの人の話を聞いていると、東北地方の言葉はきちんと母音を発音して、しかも調べがあるというんでしょうか、節があります。

河内《かわち》弁の魅力は強さにある

井上　ほとんどの方言にはメロディがありますね。それに比べて東京弁はパッパッパッと刻んで、あまりうたわない。たとえば俳優の佐藤慶《けい》さんは会津《あいづ》の人ですが、宮沢賢治の芝居で彼に賢治の父親の政次郎役をやってもらったとき、まあ何がいいといって、台詞《せりふ》がうたうのがよかったのです。「お父さんを何と呼ぶのかな」という台詞があるとしますと、(節をつけて)「ち〜ちの名前はなーんて呼ぶのかなァ」というふうに、おかしなメロディがつく。これを東京出身の俳優さんが方言《ほうげん》指導の先生について一生懸命勉強してやっても、メロディがつかないので何にもならない。

司馬　東京弁と津軽弁を思うと、東京弁には情趣《じょうしゅ》がすくないですね。

井上　東京の言葉というのは、ビジネスの言葉なのでしょうか。いろいろなところの人が入ってきていますから。

司馬　中国語の場合、広東省《カントン》や福建省《ふっけん》は人口が多いからぺちゃくちゃ言葉になる、北京《ペキン》語は土地が広く人口密度が低いから抑揚《よくよう》をつけなければいけないとよく言われますが、人口の多い江戸では抑揚なんかつけていると追っつかない（笑）。近畿地方も抑揚がすくないです。

井上　河内弁は映画で見ると抑揚があるように聞えますが。

司馬　いや、あの言葉はよその人ばかりでなく土地の者が聞いても柄《がら》の悪い言葉だと思います。楠木正成《くすのきまさしげ》が使ってた言葉だというと品がいいように思いますが、正成が河内弁をしゃべるのを想像するとおかしいですね。

井上　今東光《こうとうこう》さんの小説、それをもとにした勝新と田宮二郎の映画、それから『花の応援団』という漫画で河内弁を読んだり聞いたりしていると、じつに魅力のある言葉のようですが。強さがあるんです。

司馬　強さはたしかにありますね。「そうなんだ、まったくそうなんだ」というのを河内の人は語調をつよめて「そうだっくらい」といってうなずく。それを今東光さんが気に入って、小説に多用していました。

寅《とら》さんが神様になるとき

井上　先生のお話を伺《うかが》っているうちに渥美《あつみ》清さんの声が聞えてきました。あの人は上野車坂《くるまざか》の生まれで、浅草《あさくさ》でコメディアンになったのですが、ぼくが浅草のストリップ劇場のフランス座というところで働いているときに、結核を治してフランス座へカムバックしてきました。

当時はストリップショーと添《そ》え物の芝居をあわせて三時間。渥美さんはストリップショーが始まって身体が空《あ》くと、いつも観音《かんのん》様の前の広場へ出かけて行き参詣《さんけい》客の前で一時間ぐらい啖呵《たんか》商売をやっていました。給料が安いですから、生活に困ってなのかなと思っていたら、そうではなくて、劇場よりもさらに近くにいるお客にものを売りつけることで、言葉の力を鍛《きた》えようと一生懸命だったということが後になってわかりました。

『男はつらいよ』でも、旅先で偉い人の人生観などを聞いてきて、とらやに帰ってから受け売りでしゃべりますね。このときの車寅次郎《くるまとらじろう》の言葉がなかなかよくて、やっぱり節《ふし》がある。聞き手を自分の話に夢中にさせようというときは、どうしても言葉そのもののほかに節のような、力のあるもので人の心をつかまえようとするんでしょうね。改まった場面、事務的な場面では、子音の多い、平べったい話し方になるかもしれないけれども、生活のなかでものを買わせたり相手を説得しようとするときには自然に感情や力が入って、節とまではいかなくとも、うねりのようなものが出てくる。とすると、江戸の普通の人々が何かをするときにも、やっぱり節がついていたのかもしれませんね。

司馬　私も寅さん映画のある一情景を思い出しました。とらやでさくらか誰かが、あのおばあさんはずっと一人で住んでたのかしら、といううわさ話で盛り上がっていたとき、寅さんが「あるとき」って切り出すと、もうみんなシーンとなってしまう。それから節がつき、フィーリングで聞かせるんです。……あるとき、いつもよりおじいさんの帰る時間が遅い。もう遅くなってヘトヘトで帰ってくる。おばあさんが「ご飯にしますか」と訊《たず》ねると、「いや、先に床をとってくれ。横になりたいんだ」……目に浮かんできますね。そしておじいさんは横になった。「今日はもう疲れた。ずーっと疲れてるんだ。悪いけれど先に逝《い》くよ」と洩《も》らして、死んでしまった。それはたぶん寅さんの作り話なんでしょうけれど、みんなもうシーンとなってしまう（笑）。つまり寅さんがその場では神様になっているわけです。その神様の威厳《いげん》が節となって語られる。ひょっとすると江戸弁でも、ひとり語りのときには節がついていて、相手はその節をたどって感動の場所へ誘い込まれていくのでしょうな。ある時代までは、全日本語に節がついていたんだろうと思うんです。

井上　それで寅さんの場合は、節のつかない人にいつも恋人をさらわれてしまう（笑）。

司馬　つまり、インテリに――。節をつけると言えば、オウム事件でも出てきた遠藤誠弁護士がそうですね。ああいう愉快《ゆかい》なキャラクターの方は芝居のイタの上でしか出てこないだろうと思っていたら、現実にもおられた。

井上　遠藤さんは東北の人ですね。仙台の方です。

司馬　そうですか。あの節は重要ですね。いままで、あの節で人権擁護《ようご》の弁護をなさっていたんでしょうな。

言葉を悪用する人々

井上　たまたま必要があって『四畳半襖《ふすま》の下張』の裁判記録を読んでいたんですが、裁判官や検察官は節のつけようのない文章を読みますね。反対に弁護側の証人の弁論には節がついている。たとえば石川淳さんが、日本文学のなかには儀式の記録というものがあって、そもそも高天原《たかまがはら》でアマテラスが天岩戸《あまのいわと》を開くときのアメノウズメのことを書いた古事記のくだりがすでに儀式の記録である、その伝統が後世にまで続き、たまたま『四畳半襖の下張』になっただけのことだ——という弁護をなさるんですが、これが完全に節になっている。

極論に走りますが、言葉に節がつかなくなってから、日本におかしなことが起こりだしたような気もします。

司馬　いや、存外それはあたっているかもしれませんよ。

私がまだ若いころ、学生時代までは東京の言葉にも節がついていると思いました。山の手の女の人の言葉は抑揚があってきれいだと、モンゴル人の教師――アメリカ帰りの青年でしたが――に教えてもらったことがあるんです。彼はジンギス・カンの末裔の貴族で、日本にきて「主婦の友」で文章語の日本語を学び、あとはラジオを聞いて口語を勉強していました。その彼が、日本語でいちばんきれいなのは何といっても東京の山の手の女性の言葉だと言うんです。残念ながら自分の勤務地が大阪で、あのきれいな言葉を生で聞くことができないのはさみしいと。

面白いことを言うなあと思いました。彼は山の手の婦人の言葉を二つ三つ真似《まね》をするんです。「そんなことないでしょう」というような（笑）。これは活字では覚えられません。ラジオ劇で聞くと説得力があって、話し手の気分もわかってくる。そういう言葉はいま、なかば滅《ほろ》びましたね。

井上　いまは抑揚や調べがない。それどころか単語だけが口からばらばらになって出ていくような感じ。切符の自動販売機の前で並んでいると、おばさんたちが前にいて話をしていますが、それも単語だけ。口頭語だから文章の形をなしている必要はかならずしもないのですが、単語の切れ端《はし》だけで用をすませるというのはどうもいけません。

司馬　単語をぶつぎれにならべる言い方、近ごろとくに目立ってきましたね。それによく言われているように、若い女の人が「それでー」という。あれは世界一きたない言葉ですね。

しかも煮《に》え切らんことを言っている。もう江戸時代から、豆が煮えたか煮えないかはっきりしろというのが言語の基本です。どうして煮え切らない話し方をするのかというと、要するにずるい人たちなんです。

日本語は最後に動詞が来る。意思決定もしくは自分の考えが最後に出てくるわけですから、それをできるだけ遅く言うために煙幕《えんまく》として途中で言葉をみだりに使っているんでしょうね。ところが英語や中国語で「我」と言ったら、次には行くのか行かないのか、愛するのか好きでないのか、動詞をいち早く言わないといけないので、抜き差しなりません。最後に動詞が来るというのは日本語の面白いところだと私は思いますが、それをいわば悪用する人たちがいるんですね。

井上　動詞が文末にくる言語はもちろんほかにもあると思いますが、そういった言語の文法的な法則というのは、鶏《にわとり》が先か卵が先かわかりませんが、そっくり日本人の性格になりますね。

このあいだの戦後五十年決議もそうでしたが、文章の核心にふれる議論はなされない。単語の取り替えっこばかりやって、みんなの総意なるものをつくっていく。結局できてくるのは文章の形はしていても、何を言ってるのかさっぱりわからない。煮えたか煮えないかはっきりしろ、と言いたくなることが、このごろ多いですね。

司馬　多いですね。言葉の最後に動詞をもってくるのはモンゴル語も韓国語も、ハンガリー語やフィンランド語も同じですが、彼らはそれを悪用していないような気がします。日本でも、ひと世代、ふた世代前の人には、あまりそのずるさは感じない。いまの若い人は、表面だけカッコよく見せて、最大公約数の意見らしきものを言わなければならないので、動詞をポケットに隠しておいてごじゃごじゃと煮え切らないことを言う。その、言葉に対するずるさがきたなさになっていると思うんです。

井上　そうですね。思考停止、判断停止というのでしょうか、用意された答えは何だろうということがまず最初にあって、その先とかその脇を考えずに、ほかの筋道を考えもせず、ただひたすら用意された答えに寄り添っていく。あらゆる時代にそういう傾向はあったでしょうが、最近起こっているいろいろな事件を見ていると、一般に、社会が待ち構えている結論へすぐに辿りつこうとする傾向が強くなっているように見えますね。

しどろもどろでもいいから、もっと考えて考えて、その先まで考える。考えることと自体が尊くて、答えは当たっていてもいなくてもいいんだよ、という社会ではなく、とにかく途中はどうでもいいからまず差し障《さわ》りのない答えを、という社会になってしまった。機械をつくる、モノをつくる、あるいは文章を書く――どんな面においても日本人の創造力にパワーがなくなっているのは、そのあたりに理由があるのかもしれません。

司馬　だいたい、テレビでちまたの意見を取材している記者が無理な質問をしていますよ。そんなに即座《そくざ》に言えないことを聞く。そうしたら、「そんなの即座に言えない」と言えばいい。食事中に「恐れ入ります。オウムをどう思いますか」と聞かれたら、「食事中にそういうきたない話をするな」と言えばいいんです。食事中のマナーとして動物の話をしてはいけないんですから。オウムを動物というわけにはいかないか。

井上　まあオウムは動物でしょう（笑）。

司馬　そういう面白いリアクションが言葉としてなければいけませんな（笑）。

標準語は「根なし草」

井上　話が飛びますが、このあいだ感心したのは、オマリーというヤクルトの強打者がホームランを打ったときのことです。彼は去年（九四年）まで阪神タイガースにいて、甲子園球場で何本もホームランを打った名選手ですが、今年（九五年）からヤクルトに移って、当の甲子園で今度は阪神の敵側としてバッターボックスに立って、いいところでホームランを打った。そのとき阪神ファンの一人が思わず「何すんねん」と言った（笑）。

それを聞いて、ああ、やっぱり大阪の人は面白《おもしろ》いことを言うなあ、と思いました。つまりまだ半分オマリー選手を自分たちの味方だと思っている、そのおまえが何をするのかということでしょう。標準語で言ってしまうと面白くも何ともないですけれども。

司馬　その阪神ファンに標準語で言いなさいといったら、きっと絶句《ぜっく》しますね。

井上　ええ。おまえには助けてもらった、とまだオマリーを愛しているんですね。そのおまえがまさか、ここへ来てそういうことをするとは思わなかった、そういういろんな思いがいっしょくたになって、「何すんねん」になる。大阪弁はいいなと思いました。大阪の男性は、街角《まちかど》で女性を誘うときに、「茶ぁ、すすらへんか?」と声をかけるんだそうですね。東京ですと「お茶、飲まない?」と言うんですが、それだとなんだか偽善《ぎぜん》的で、もう少しはっきり言ったらどうかと思うぐらいなんですが、「すすらへんか」というのは……。

司馬　ハッハッハ。室町時代の辻《つじ》にいるような凄味《すごみ》がありますな。

井上　「すする」というのが妙《みょう》に肉感的で、またおかしい。それに比べて私たちが使っている標準語というのは根なし草というのでしょうか、言葉とそれを使っている者の実感との間につねにすき間があります。

司馬　その根なし草をいまいい言葉にまで成長させなければいけないときなんです。

井上　そうですね。

司馬　丸谷才一さんが菊池寛の小説を読みなおして、男女のあいだで非常に知的な会話が行われている、これは市民小説であり、菊池寛は市民のいない国で市民小説を書いた人だと言っています。いまならどの夫婦だって知的な会話を交わしているし、どの職場の男女も知的な会話をしていますから、菊池寛が見たら腰を抜かして驚くでしょうが、近代市民社会ができたとはいっても、かえってその共通言語としての標準語ですから肉感性がない。

青島幸男さんはテレビでしか知りませんが、学校を出た人のわりには江戸弁がすり減っていなくて、江戸弁的発想でいままでこられた。その江戸弁の名残《なごり》が人の情緒《じょうちょ》に大きく訴えるのだろうと思います。ただ、これから普通の共通語で答弁せざるを得ない局面がどんどん起きたときには難しいかもしれません。たとえば橋本龍太郎さんも選挙区は倉敷《くらしき》ですが、東京生まれですからマザー・タングは東京弁でしょう。それも英語に翻訳《ほんやく》可能な言語を口頭ではじめから使っている。しかし青島さんの言葉を英語に翻訳するとそっけない、何でもない言葉になってしまいますから。

井上　ずっと前から、青島さんのしゃべり方は大阪弁仕様の江戸前言葉だと思っていました。たとえば「わかっちゃいるけどやめられない」には大阪弁のように吸いついてくるものがある。それに対して、東京語は、感情を乗せられない標準語なんですね。

司馬　そうですね。

言葉における政治家の責任

井上　ぼくは、たとえば政治家がスピーチライターをつけて、せめて首相ぐらいは、あ、いい日本語を使うなあ、面白い言い回しをするなあと思わせる演説をやってもらいたいんです。ところが、政治家の言葉にはまったく「肉感性」がありませんね。

これは司馬先生や大江健三郎さんがよくおっしゃることですが、夏目漱石がなぜ偉大だったかといえば、恋でも遺言《ゆいごん》でもビジネスでもできる言葉の土台を築いたことだとおっしゃっている。司馬先生はさらに、漱石はいろんな階層の日本人の話し言葉をもとに、小説を書くことを通して、みんなが使える日本語の土台をつくった。だからいままで読み継《つ》がれているということをおっしゃっている。ところが、たとえば政治家の言葉は、そういう遺産をまるで受けついでいませんね。

司馬　政治家の言葉がいかに世の中の言語に大きく影響するかというと、たとえば最近、たいていの人がテレビ・マイクの前で「そういうことはしたくないな、と思いました」と、「な」が文中につくんです。これは、竹下（登）さんがはじめたことでしょう。「な」という言葉をつけると柔らかく聞こえるとでも思ってのことなのか、国会答弁で「自分はそういうことはあまりしたくないな、と思っております」などという言い方をいつもしていました。

もうひとつ、八、九年前にどなたかの短い文章で、近ごろ耳障りな言葉の一例として、「何々させていただきます」という言い方を挙げた人がいます。私はまったく同感だったんですが、政治家の答弁はほとんど「何々させていただきます」のオンパレードで、それが嫌《いや》らしい、かつての語法にはなかった、と書いていました。

この人の嫌らしいという意味は、私は百パーセント分かります。なぜかと言えば、この言葉は私の憶測では大阪の船場でできあがった。船場にはいろいろな国の人が集まりましたが、有力なのは近江の人でした。その近江の人はほとんどが真宗の門徒で、子どものころからお寺へ行って説教を聞いている。その説教は、われわれは阿弥《あみ》陀如来《だにょらい》によって生かされているというのが中心です。阿弥陀さんのおかげでこうやってご飯を食べさせていただいてる、今日も元気で学校へ行かせていただくというような、阿弥陀如来を前にしての謙虚さの表現でした。

井上　阿弥陀様に対しての、というところが大切ですね。

司馬　そうです。その宗教性が外れて、船場の呉服屋の番頭が使い、いまでは細川護《もり》熙《ひろ》さんのような新しい人でも、国会答弁で「させていただく」と言う。「させて……」は動詞ですが、日本語が動詞をいったん出したら、伝家《でんか》の宝刀《ほうとう》を抜いたようにぎらぎらしている。それなら、たとえば「ぼくは断ります」というより「断らせていただきます」としたほうが、伝家の宝刀のぎらつきが柔らかいでしょう。だから「いただきます」をつける。

おっしゃるように、政治家はちゃんと魅力的な日本語を使ってくれないと……。彼らはそんな責任までもっていないと言うかもしれませんが。

井上　ケネディ大統領の農業問題についてのスピーチ、とりわけ初期のスピーチは大変よかったらしいですね。まるでお手本のような英語で、中身も面白いエピソードをちりばめながら、とてもいい言い回しで語っている。アメリカは大農業国だから誰でも農業問題には関心がありますが、ケネディの農業スピーチというと、人はその言葉を聞くだけのために集まったという。そして、その原稿を書いていたのが当時、ハーバード大学の教授のJ・K・ガルブレイスだった。

ガルブレイス自身の作品を読むと、経済学者のものですから中身は難しいのですが、読み物としてはじつに面白い。ウイットがあり、面白いエピソードがあり、いい言い回しがあるんです。一流の学者、やがてインド大使を務めるほどの経済学者を抱《かか》え込んでスピーチを書かせる。しかもケネディは何度も書き直しをさせたそうです。

政治家は国民にとっては自分たちの晴れ姿でもあるのですね。自分たちのことを考えていてくれて、いいときにいいタイミングで具体的に目標を前へ前へ置いてくれる、国民は当座とにかくそこへたどり着こうと動いていく。それが政治家の仕事というものですが、政治家がそれを考えている国と考えていない国とがある。アメリカがすべてにおいていい国であるとはいいませんが、少なくとも彼らは、すぐれたスピーチライターたちの言葉をかりて国民に語りかけようとしていますね。

アウフヘーベンの面白さ

司馬　結局、言語文化の問題ですね。演説の内容よりケネディの言語表現そのものを聞きたいというのは。人はどうも、そういった言語のお手本のようなものに常に飢《う》えているようです。西洋の人達、当意即妙《そくみょう》にスピーチをしますね。あれは卒然《そつぜん》としてやっているのかと思えば、これがそうではないと言います。やっぱり苦労していて、前もって苦吟《くぎん》しているそうですな。

井上　ケネディとの関連で知ったことですが、ヒトラーも原稿を厳しくチェックしたそうです。それでも足《た》りずに、演説会場で聴衆のまわりをぐるりと親衛隊に取りかこませて、演説が山場に近づくにつれて、その親衛隊の輪を狭《せば》めるよう指示していたらしいです。演説を密度の高いところにぶつけようというわけです。ヒトラーの場合は、むしろ悪い手本というべきでしょうが、とにかく政治というのは、半分は言葉の仕事だと思います。日本の政治家ももう少し言葉を信頼するというか、自分が日本語を面白くしてやるというぐらいの人が出てきてほしいものです。

司馬　そうですね。どんな問題でも、政治家は目の前に正《せい》テーゼと反テーゼの矛盾《むじゅん》の接点を突きつけられているのですから、当然、言葉としてユーモアとか比喩《ひゆ》とか、素晴らしい表現が出てきてしかるべき立場に常にいるわけでしょう。それをふんどしの前だれみたいに正《せい》テーゼだけで通してゆく。もちろんかつての社会党は反テーゼばかりを持ってくる。合《ごう》のおかしみがない。

ケネディの場合は、その正テーゼと反テーゼという矛盾をアウフヘーベンするやり方の面白さをみんな聞きにくるのに、日本だけそれを逃れているというのはおかしいですね。

井上　それをはじめると、揚《あ》げ足をとられるとか何とかいろいろマイナスがあるのでしょうが、日本の政治家はそのあたりにはまだ考えが及んでいない。答えはすでにもう決まっていて、それを「させていただきます」と一応お伺《うかが》いを立てているような、そうしたインチキにはもうみんな、嫌気《いやけ》が差しているんです。これをやったらこういう利点もある、またこういうマイナスもあるけれども、このマイナスはコストとして踏み越えていかなければならないというふうに、装われた正直さでもいいから言葉できちんと表現してもらいたい。

もちろん言葉の面白さだけでは困りますが、日本では最近とくに、そのあたりがうまくいっていませんね。人々の言葉と政治家の言葉、官僚の言葉がすべてあっちこっちで局地的に話されるだけで国民のところへ迫ってこない。それが、根本的な政治不信を招いているような気がするんです。

司馬　いま、右せんか左せんかという立場で発する表現としての言葉を話題にしているわけですが、これは日本の文学作品の中にもそう多くは出てこないでしょう。

ドナルド・キーンさんがまだ京大の大学院に籍《せき》を置いているとき、彼は自ら英語を使うことを禁じて、日本語だけで暮らしていました。あるとき、日本人の友だちと京都の京極《きょうごく》という賑《にぎ》やかなところを歩いていたら映画館があって、そこでシェイクスピア劇の映画をやっていた。その友だちが見よう見ようと言って、あんまりしつこいものだから、キーンさんもつい入ってしまった。するとシェイクスピア英語が氾濫《はんらん》しているでしょう、彼は涙が出てきて、自分は英語国民に生まれてきてよかったと思ったそうです。これは外国語の習得に一生懸命になっている人が母国語の原型を聞いて涙するというお話でもありますが、キーンさんと話していて私たち日本人は正テーゼと反テーゼしか言わない。残念ですね。

語りの正統はどこにある

井上　丸谷才一さんの奥様はかつて根村絢子さんという演劇評論家でした。そのことを知らずに、ぼくはこの根村とおっしゃる評論家の言うことはとにかくもっともだと思って、それを芝居に生かそうとずっとやってきました。で、その根村さんが何をおっしゃっていたかというと、フランスでもイギリスでもロシアでも、芝居を見にいくとは言わずに聴きにいくと言う。つまりその劇場に、自分を育ててくれた言葉、自分たちが後世に伝えて行かねばならない言葉のいちばん美しく、正確で、そしておもしろいところを聴きにいく。――そういうことがたくさんの実例を掲げて書かれた論文でした。

その論文を読んだとき、ぼくは新劇青年でしたが、たしかに劇場へ行くと、なにか日本の言葉らしくないんです。翻訳劇のチェーホフでもシェイクスピアでも。ぼくが芝居を書いていて疑問に思う根本的なところはそこです。たとえば舞台の上でこういう人物がこういうことを言うとき、日本人の、日本語としてもっともふさわしい朗読《ろうどく》法があるのかないのか。ないんですね。あとはどう外してもいいけれど基本はこうだ、こうすれば日本語は正確で美しくて、人が動くし説得できるし、景色を言ったらそれが目の前に見える――そういうお手本がない。もしかしたら渥美清さんの口跡《こうせき》に残っているのかもしれない、とも思うんですけれども。

司馬　日本語の語りというのは、たとえば室町時代に『平家物語』が琵琶《びわ》法師によって語られ続けて、東北地方へ行く琵琶法師のために『義経記』が成立したとよく言われます。たしかに『義経記』は、『平家物語』の中でいちばん聴きたい義経のくだりをたっぷりと聴かせる。すると、出てくるのは東北の荘司《しょうじ》、佐藤元治《もとはる》の二人の息子、継信《つぐのぶ》・忠信《ただのぶ》。さらに鈴木某《なにがし》と、東北の人がたくさん出てきます。それはサービスだったと思いますが、そうやって語り物が語られ続けた時代があった。そのころは言語がすべてであったのに、どうしていま、こうなってしまったのでしょうか。

このあいだ夜中にテレビで、ある老人ホームのおばあさんを訪ね、真面目《まじめ》に老人介《かい》護《ご》の問題を扱った番組を見ました。そこは有料で、半官半民のような施設ですが、すこしお金が要る。そのおばあちゃんはそれを支払うお金を持っていないんです。そして、自分はお金を持ってない、どうやって暮らしていいのか、こんなに世話になっていいのか、どうしよう、どうすればよろしいやろか、ということを大阪弁で介護の青年にえんえんとかき口説《くど》く。その節を聞いているうちに、浄瑠璃《じょうるり》は大阪弁を基礎にしてできたと聞いていたけれどもなるほどそうだ、おばあちゃんがいま話しているのは浄瑠璃だと思ったんです。

司馬　江戸時代の武士は少年のときに教養として謡《うたい》を学んで、いざという掛け合いごとのときに謡の調子でひとりしゃべりをする。大坂の町人は丁稚《でっち》に入ればもう浄瑠璃を習って、それが掛け合いごとに行くときにやはり役に立つんですね。

井上　あ、なるほど。

話が急に飛躍しますけれども、ある酒の座で、大川周明《しゅうめい》という東京裁判に出てきた被告のことが話題にのぼったんです。大川周明は十九世紀のドイツロマン派の残党ではないかと思ったこともあるんですが、一種の大教養人ですね。ところでその酒の座で、若い人が「東京裁判で大川周明はかなり弁ずるかと思いましたが、あっという間に終わってしまった」と言う。しかし私は、「もし弁ずる時間を与えられても大川は五分としゃべることができなかったでしょう、当時の口頭の日本語ではそうだった」と答えました。寅さんの「悪いけど先に逝くよ」のようなお話ならいくらでもしゃべることができるけれども、裁判の弁論のような知的な語りで、一主題を貫いて一時間も話をするには、日本語が不熟な段階だったと思うんです。浄瑠璃で鍛えても謡曲で鍛えても、結局は情緒表現、自分の事情の表現、あるいは風景描写であって、困難な問題を知的にとらえて言語として展開するほどには口頭の日本語は熟していなかった。

共通の文章語をつくる苦労

井上　芝居でいちばん困るのは、いまの現代演劇のひとつ前のものとはいったい何か、それが判然としないことなんです。たとえば戦前に新協劇団や新築地《つきじ》があって、その前に築地小劇場がある。さらにその前には芸術座があって、もう一つ、さかのぼれば文芸協会があり、市川左団次《さだんじ》と小山内薫《おさないかおる》の自由劇場がある。しかしその前がないのです。つまり日本の現代演劇は、浄瑠璃や講談、落語などを通じて日本人がつくり上げてきた語りの伝統を――情緒表現であるにせよ、多少の論理性を含んでいたものを――日本語の本質的なリズムを引き継いでいなかったんですね。そこで日本の演劇の流れがすっぱり切れて、モスクワ芸術座で聞いてきた音を日本語に直訳すればいいというようなところから現代演劇が出発したのではないか。結局、日本語のいちばん効果的な台詞術が、いまだにない状態にあります。

司馬　井上ひさしさんがそうおっしゃると心細くなってきますけれども、この話は日本語への絶望ではなくて……。

井上　希望です。

司馬　そう。いま成長期にある日本語を大事にしましょうというのが主題です。

西洋にはスピーチという、一つのテーマでひとりしゃべりをする文化があるけれども日本にはない。そのことにがっくりきたのが福沢諭吉ですね。そして、文明の基礎はひとりしゃべりにあるのではないかと考えた福沢さんは、「演説」という訳語をつくって『学問のすゝめ』の中でスピーチの必要性を説きはじめたわけです。しかし、日本に演説を広めるためには過去に伝統がなければいけない。それでハッと思いついたのが真宗さんのことでした。

真宗さんはお寺で高座に上がって説教をします。ひとりしゃべりをやる。これを思い出して福沢さんはほっとしたようなんですが、じつは福沢さんの中津の屋敷跡へ行くと、目の前に真宗のお寺があるんです。

井上　なるほど（笑）。

司馬　福沢さんのご先祖は信州から出てきて、つてを頼って中津藩に就職して侍《さむらい》になったのですが、そのころから福沢家はずっと浄土真宗でした。諭吉も向かいの浄土真宗のお寺に小さいときから行っているから、浄土真宗の教養に実に通暁《つうぎょう》している。その浄土真宗には説教僧がひとりしゃべりする伝統があった。これが諭吉がスピーチを広めていく自信のコアになりました。

しかし、福沢さんが必要を説いたひとりしゃべりの魅力的な日本語というのは、まだまだでき上がっていませんね。

井上　石田梅岩《ばいがん》の心学はどうでしょうか。これも当時としてはとても論理的なひとり語りのスタイルだったでしょう。

司馬　どうも私は石田梅岩の心学に暗いんです。ただ、明治以後は心学を疎《うと》んじましたね。これはインテリのものではなく町人の俚耳《りじ》に入りやすい哲学でした。明治維新は下級武士が起こしたものですから、俺たちには心学は関係ないというところがあって、心学は消えていった。福沢さんもやはり侍階級でしたから、心学までは知らなかったんでしょうな。

井上　やはり、日本は日本語の語りの流れをどこかでパチンと切ってしまったんですね。

司馬　長岡の河井継之助という家老が、官軍のあまりの没義道《もぎどう》さに、小千谷《おぢや》で官軍側と会談をもったことがあります。ところが説得できない。官軍側の相手は岩村高俊という、後に裁判官になる土佐人でしたが、彼は関西弁でいう「けとっぱち」、標準語でいうとすぐにカッとなる質《たち》の男で、長い話し合いができなかった。結局決裂して河井は決戦を決意するんですが、河井は戦争をするにあたって百姓町人にまで自分の考えを聞かさなければならないので、切羽《せっぱ》詰まって「言文一致」を試みるんです。明治元年のことですから、山田美妙《びみょう》以前の言文一致。たしか原稿用紙一枚半ぐらいの文章でしたが、実にわかりやすい言語で書かれていた。

これは何度も書いた話ですが、「坂本龍馬関係文書」のような幕末のさまざまな関係文書が大正時代に百冊出版されています。それを見ていると、京都に来ているいろいろな藩の志士同士が、会って話をして帰ってきてから盛んに手紙をやりとりしている。会って話せば足りそうなものですが、当時は口頭で本旨《ほんし》を伝える日本語が十分に熟していなかった。しかし文章語は熟していたから、短い手紙で自分の本旨を簡潔で要を得た文章で述べているんです。

井上　そうした先人の苦労が、夏目漱石が日本人共通の言語をつくり上げるところまでつながっていくわけですね。

司馬　漱石は、意識して共通の文章語をつくったと思います。なぜかといえば、漱石には必要以上に江戸っ子意識がありましたから。漱石が五歳ぐらいのときに、十歳で津和野《つわの》から東京に出てきた森鷗外は、言文一致を書くほどの自信はなかった。尾張藩《おわり》出身の坪内逍遥《しょうよう》は、言文一致でなければいけないと言いながら、結局はうまくいかなかった。その逍遥を訪ねてきた二葉亭四迷に、あなたは私とちがって同じ尾張藩でも江戸城府の子だから言文一致でやりなさい、といった。

ともかく四迷や漱石のような東京生まれの人たちが言文一致をやったわけです。

その後、われわれはお互いに江戸人ではないのに、漱石を先祖として共通語ができあがったおかげで文章を書いている。文章語の共通化にはそれだけの苦労がありました。これからは口頭日本語のよき発達をねがわねばなりませんね。テレビなどでわるい日本語をきくと、元気がなくなります。

井上　そうですね。ぼくの少年時代はラジオしかありませんでしたが、徳川夢声《むせい》さんの語る『宮本武蔵』で、武蔵が逃げて、風車がぐるぐる回ってる――という情景を鮮明に覚えています。あのころは、子供心にも日本語というものがあったという印象が強いんですが、一気に日本語を飛び越して映像の世界へ来てしまったんですね。

司馬　あたふたと映像の時代になったから、日本語がちょっと後ろへ追いやられたのでしょうね。

井上　つくづく同感です。

新しい日本語をもう一度

司馬　漱石がつくり上げた文章が社会に共有化されたと私が思ったのは、昭和二十七年ごろのことなんです。そのころの「小説新潮」に、ある評論家がいけずっぽい文体で、近ごろの小説家は文章がみんな似ていてつまらない、ということを書いていた。それを読んで、そうか、そこまで文章は社会化されたのかと、その評論家の意図とはまったく別の意味で興奮しました。

長年ドイツ語の教師をしていた橋本峰雄という人に、ドイツ語とはどんな言葉か一分間で説明してくれと言ったら、彼は「誰が書いても大学の入学試験の問題になる言葉だ」という言い方をした。それを聞いて私は、ドイツ社会が日本より成熟していて、文章が共通化されているんだと思ったんです。

井上　なるほど。

司馬　この話をフランス文学の桑原武夫さんにすると、日本語が昭和二十七年ごろに共有化されたというのには異論がある、と言う。三十年代前半の「週刊新潮」や「週刊文春」の創刊、つまり週刊誌時代の幕開きのときから共有化がはじまったと言うんです。このときほど大量に散文が生産された時代は人類の歴史上にないという評価をされて、その原型は「週刊朝日」のトップ記事にあるとおっしゃった。

日本産業の品質管理をつくり上げた西堀栄三郎さんは桑原さんの三高のときの同級生なんですが、西堀さんが南極越冬隊《えっとうたい》から帰ってきたとき、桑原さんが、西洋人は異様な体験をしたらみんな社会に報告する、だからお前も本を書くべきだと言ったそうです。西堀さんはびっくりして、俺は理系だから書けないと答えた。すると桑原さんは、京都の大学に通う電車の中で「週刊朝日」のトップ記事を三ヵ月読み続けたら書けると言った。西堀さんがその通りにしたら、実際に本ができたわけです。

井上　たまたまフランスの小学校の試験問題を見たんですが、理系でも算数でも何でも、すべて国語の問題にしてしまう。たとえば算数で、ピタゴラスの定理の数式が書いてあって、それを文章にしなさいという問題がある。つまり科学者でも数学者でも、言葉で真実を伝えなければいけないという思想ですね。そこで、答えも大切だが、そこへ辿《たど》りつく過程を言葉にする方がもっと大切だという出題のしかたをするわけです。それが小学校から中学校、バカロレアという大学入学資格試験まで、すべてそういう姿勢を貫いている。言葉でものごとを伝える方法を社会化、つまり共通の財産にしようと必死になって考えている国がある。日本はむしろ逆でしょうか。言葉より先に式や答えがあって、早くそこへ辿りつけ、途中の言葉などどうでもいい、というようなところがありますね。

司馬 よく統計を一つ二つ出して言葉を省《はぶ》いてしまうことがありますね。あるいは論理学的にものを言うことのみが言語ではないのに、論理ではそうなってますといって説明を避ける人もいる。上祐史浩《じょうゆうふみひろ》氏がそうですね。こういうことはむしろ言語への怠《たい》慢《まん》なんです。因数《いんすう》分解を言葉にしろというような国に生まれなくてよかったとも思いますが（笑）、言語というものをそれぐらい大事にしている国があるというのは、心が震えるような感動ですね。

井上 先人たちが苦心惨憺《さんたん》してつくり上げ、共通化してきた日本語を、ぼくもひとりの物書きとして、それほど深く受け止めていなかったという反省があります。これからはマルチメディア時代とかいろいろ言っていますが、その時代でも日本人は日本語で仕事をしたり、恋をしたりけんかをしたりしていくわけですから、これからの時代をきちんと実感を込めて「肉感的」に語れるような、あるいは読めるような文章をもう一度、つくりあげる努力をしなければいけないですね。日本語は、私たちの、たった一つだけしかない言葉なんですから。

日本人の器量を問う

「美しき停滞」か「衰亡への疾走」か⁉

明治時代のダイナミズム

井上　司馬先生が新聞社のご出身ということで思い出した話があります。
　第九代日銀総裁の井上準之助は大分の日田《ひた》の出身、東大、当時の東京帝国大学の法科大学を二番で卒業した大秀才です。日銀ではあんまり仕事ができすぎて、いつも話が上役の理事を飛び越してじかに総裁のところにいくものだから、理事に煙たがられて左遷《させん》、ニューヨーク代理店監督役（出張所長）に飛ばされてしまいます。そして二年余、こんどは横浜正金銀行に移って、やがて頭取《とうどり》になる。そのあと彼は自分を左遷

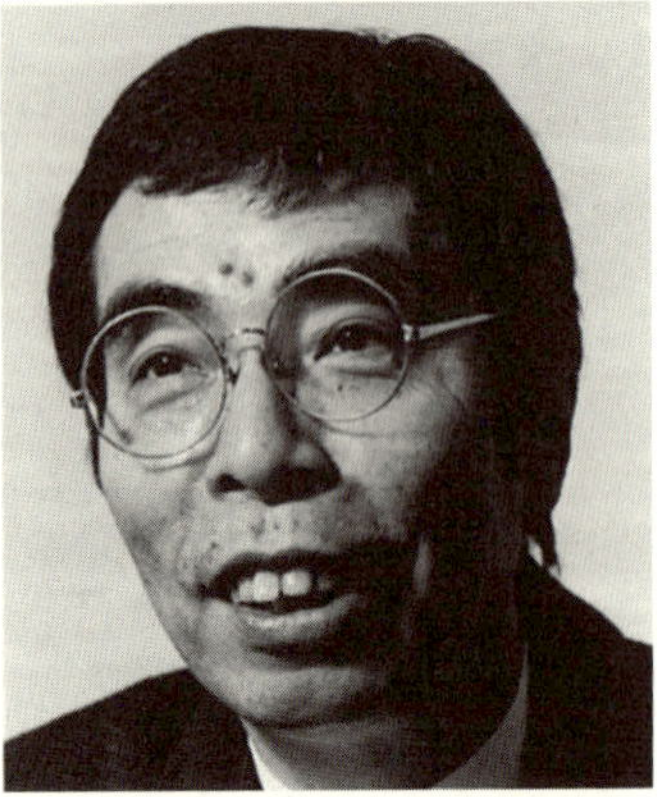

した理事を通り越して日銀総裁になるのですが、その少し前に大阪毎日新聞の本山彦一社長が、倍の給料を提示して引き抜きにかかるんです。

この話を井上準之助は結局は断りますが、ぼくはこれを知ってびっくりしました。一新聞社が、次期日銀総裁という噂《うわさ》の立っている正金頭取を引き抜き、国の経営の参考になるような、しかし独自の金融政策を展開していち早く毎日読者に示そうとした。いまの新聞とずいぶんスケールが違うんですね。

司馬　違いますねえ。

井上　いま、新聞社の方たちが政府の審議会にたくさん入っています。それはそれでいいんですが、たとえば昨年（九四年）、亀井（静香）運輸大臣が日航の契約スチュワーデス制導入にストップをかけたとき、審議会に社員を出している大新聞は、亀井発言にどんな意味があるのか、あるいはスチュワーデスたちが二十年、三十年かかって自分たちの権利を認めさせてきたことについてどう考えるか、きちんとした論評が書けなかったように思います。大専門家を迎《むか》えて国と伍してオレたちが金融政策のモデルを一つ提示しようと考えていたような時代と、政府の審議会に入って官僚の作文にウンと言って、いい記事が書けなくなってしまういまと、それがすべてではないにしても、なんと気宇《きう》の違うことか。

司馬　気宇が違うだけでなく、かってのほうが本来あるべき姿でしょう。

明治三十年ごろ、原敬《はらたかし》も乞《こ》われて大阪毎日の社長になっていますね。明治二十年代には内藤湖南《こなん》という、当時まだ無名のノンキャリアの学者が大阪朝日の論説委員の助手のような立場で入社して、大阪の江戸時代の独創的な思想家を発掘するという大仕事をしました。

その一人は富永仲基《なかもと》という醬油《しょうゆ》問屋の若旦那《だんな》です。三十歳で亡くなるんですが、近代的な文献学そのもので仏典を調査して、大乗仏典つまり阿弥陀経《あみだきょう》や法華経《ほっけきょう》は全部お釈迦《しゃか》さんの言葉ではなく、四世紀、五世紀ぐらいにできたものだということを明らかにした。それで本願寺の大谷光瑞《こうずい》が震え上がって、のちに大谷探検隊を敦煌《とんこう》に派遣することになるんです。

湖南は秋田師範《しはん》しか出ていないんですが、そのあと彼は京都大学の初代中国学教授になる。平凡社の百科事典の「内藤湖南」の項をお引きになったらわかりますが、そのとき円地文子《えんちふみこ》さんのお父様が文部省の局長で「ノン」と言い、その下の小役人が、「わが国の帝国大学教授は、孔子様でいらっしゃろうと帝国大学を出ていなければなれません」と言ったという。それで湖南は講師を一年ほど務めてから教授になるんですが、その自由無碍《むげ》の思考法は理学部にまで影響を与えた。後年、湯川秀樹さんらが出る素地《そじ》は、内藤湖南の驚くべき開明性と無縁ではなかったと思います。

内藤湖南を京大に引っ張った人も偉いですね。明治三十年ぐらいの話ですが、狩野《かのう》亨吉《こうきち》さんという、東大で数学と哲学を修めて、第一高等学校の校長だった人が、京都にもう一つ帝大をつくるという話が持ち上がったとき、文科大学校の創設委員のひとりになって、さらに文科の学部長になります。ただし、東京大学は文明の受容をやったから、京都は独創をやらなければいけないというテーマがあった。すると狩野さんは大真面目《まじめ》に「日本人に独創性ありや」と思い、古本屋という古本屋をまわって江戸時代の筆写《ひっしゃ》本の類《たぐい》を集めさせ、点検に次ぐ点検をして数人の独創家を発見した。その中に安藤昌益《しょうえき》もいるんですけれども、ついに狩野さん、嫁さんをもらえずに生涯《しょうがい》独身でした。こんな人いると思いますか、いまの人に。

井上　なかなかおりませんね。

司馬　こんなに真面目な時代を持ったから、われわれはいま暢気《のんき》に、バブルのあとどうしたらいいかという程度の煩《わずら》いをしているだけで済んでいるわけです。

　このバブルの時代を通じて大蔵省は何にもせず、むしろバブルを煽《あお》って、銀行の大きな穴というか排泄《はいせつ》口を大きく開けさせたと思うんです。そしてバブル時代から終熄《しゅうそく》期のいまに至るまで、井上準之助や高橋是清《これきよ》のような、「あの人が出てきたら大丈夫だ」と言われるぐらいの

プロフェッショナルをつくらなかった。

高橋是清については、私が幼稚園か小学校一年ぐらいのとき、父親が毎日のようにその名をいっていたのを聞いています。新聞にも、「ダルマさんが出てきたから大丈夫だ」と書いてあった。ダルマさんは井上準之助のように明治国家がつくった秀才コースで養成された人ではありませんが、ほんとうに資本主義経済というものを腹の底から知っている人でした。仙台藩を脱藩してアメリカへ渡り、気づいてみたら奴隷《どれい》に売られていたそうです（笑）。帰国してもすぐ就職があるわけではありません。明治十六年に正岡子規《まさおかしき》が松山中学校を退学しますが、松山中は英語だけはいい教師がいなかったので、皆さん予備校に行かざるを得なかった。それで子規も開成中学——いまでこそ受験校ですが、当時は予備校的な存在でした——に入ります。そこで高橋という先生が当時の言葉でいうバーレーの『万国史』を教材に英語の講義をしていたのを一年間受けて、子規は大学予備門に入れたわけです。

この高橋是清先生がその後官庁に入って、財政のプロになっていった。いまそういう人物がいないでしょう。こんなに教育が普及し、財政学をやる人が多くて、そして大蔵省には人材山のごとくいるといわれながら誰もいない。井上準之助を大阪毎日新聞が引き抜きにかかるようなダイナミズムもない。何でしょう、これは。

天才をつくらぬ社会

井上　驥尾《きび》に付して言いますと、朝日が漱石を引っ張ると毎日が森鷗外に書かせるような大胆不敵なことを新聞社がやったわけですね。いまの新聞を批判するために言っているのではなくて、全体にみんなちまちまとしてしまって、途方途轍《とほうとてつ》もない人事を考えつくような人がいない。一新聞が日本の金融政策のモデルをつくろうじゃないかと考え、持ちかけられた方も、それを受けるかどうかまじめに思案するという時代があったのに、いまはちょこちょこと出世の階段をのぼって退官後の手当ばかり考えている官僚ばかり。高級官僚は、同期の者が局長になるとほかの人はほとんど辞めてしまうそうですね。そこでその人たちの就職先をいつも考えていなければならない。そのために天下り先の法人団体がすこぶる多いそうです。そういう安心な装置をつくるのも大事かもしれませんが、そればかりになって、大ナタを振るう人がいなくなった。国の力が衰《おとろ》えている、という気さえしてくるんです。

司馬 いい悪いは別として、天才崇拝《すうはい》という意識が衰えましたね。一人の天才をつくらず秀才だけの互助《ごじょ》組織のなかで生きていこうという社会です。典型が大蔵省だと思いますが、まれに天才が現れると、こいつを大事にしようということがない。

明治維新の前に高杉晋作《しんさく》が長州の乱暴者として現れてきたとき、長州の穏健《おんけん》な大人までが高杉晋作を大切にしました。高杉の前に吉田松陰《しょういん》が出てきたときもそうでした。そういうところが、いまの日本にはないんですね。

井上 天才を大切にするというお話で思い出したことがあります。小山内薫《おさないかおる》のお父さんの小山内健《たけし》は津軽藩士、箱館《はこだて》戦争のときに軍医として活躍した蘭方《らんぽう》医でした。それによって認められて陸軍軍医になります。森鷗外の先輩にもあたります。最後は広島の衛戍《えいじゅ》病院の院長になって、小山内薫が五つのとき、三十七歳で亡くなります。

あとに残ったお母さんが派手な人で、夫を広島の比治山《ひじやま》の陸軍墓地に葬《ほうむ》ると、薫少年と薫の姉の礼子、妹の八千代（のち、洋画家岡田三郎助夫人）の三人を連れて東京に引きあげて、九段の花街《はなみち》の真ん中に住んだのですが、そこは有閑《ゆうかん》マダムの集合所のようだったそうです。薫の母は例の小栗上野介《こうずけのすけ》の分家に当たる江戸旗本の娘で、当時の言い方では「開けた」社交家だったようです。

薫は一中に入りますが、「九段の富士見小学校からきたすごいやつがいる」という噂が立ったほど頭のいい人で、一高から東大に入って小泉八雲《やくも》の教え子になる。漱石もちょっと可愛がるんですけど、「あいつは頭がよすぎて、ちょっと苦手だ」なんて言っています。

ところが、お母さんが遊び呆《ほう》けているうちに財産がなくなって、薫は学費が払えなくなる。中退を決心したときに一高、東大の教授たちが薫の友人たちを集めて、小山内はカネがなくなって、すぐにも働かなきゃいけない、しかしあいつは何者かであるので、みんなで出世貸ししてやれというんですね。それで武林無想庵《たけばやしむそうあん》や川田順といった同級生たちがカネを出し合って小山内薫の一年間の学費を持つ。

こういう話を聞くと、明治という時代はいろいろマイナスもあったでしょうけれども、いい時代だったのだなあと思います。

漱石を動かした男

司馬　大阪毎日が元気だったという話に補足しますと、当時の新聞は経済的には決してうまくいっていたわけではなかったんです。

そのころ新聞社といえば中心は大阪でした。大阪には道修町《どしょうまち》という薬屋の集まった町がありますが、ここの薬屋が漢方から西洋薬品に移って、同時に化粧品もやるようになる。その化粧品屋が道修町以外にも広がります。そんなことがあって、大阪には大衆消費向きで新聞に広告を出すような商品が多かったわけです。反対に東京では、芝浦あたりに重工業があっても大衆消費の新聞広告にはなりにくい。だから新聞が大阪で成立したのは当然なんですね。つまり大阪で成立して東京に進出するというかたちでした。朝日は早くに東京へ進出したんですが、終戦後の昭和二十一年にやっと東京本社が黒字になったような具合です。

毎日新聞は朝日よりもうまくいっていなかったのですが、元気だけは朝日よりよかった。社業がうまくいっているから元気がいいんじゃなくて、うまくいってもいないのに元気がいい（笑）。

朝日の場合、漱石を招くときは、池辺三山《さんざん》という東京の主筆が交渉にいきます。その当時はいま言ったように大阪から仕送りしてもらっているような会社です。漱石先生を呼ぼうと言ったのは大阪らしい。それであとになって漱石が大阪の学芸部に四枚ほど原稿を書くことによってバランスをとったそうですね。

井上　あ、そうなんですか。

司馬　朝日に入る前の漱石先生は文学論と文学評論の執筆に熱中した。たとえば池田菊苗という味の素を発明した化学者と友達でしょう、漱石は化学のようにして文学が解明できないかと考えていた。漱石はどちらかというと理科系の頭脳ですから、英国のポエジーを論じるうえでも、ひとつ化学のようにして考えてみたいと思っていた。

それで『文学論』という大変晦渋《かいじゅう》なものをお書きになって、それが日本に帰ってきてから東大での講義になるわけです。それは学生はたまらなかった、眠くて眠くて

（笑）。何しろその前は小泉八雲ですから、八雲の話の面白さから見たら無理もない。

井上　Fプラスxがどうしたとかという文学論ですね。それを小山内薫が聞いて、何もわからないわけですよ（笑）。八雲との落差にがっかりして、結局は漱石の門下には入らなかった。なんでも小山内薫は漱石先生から『琴のそら音』を貰《もら》ったそうですが、玄関先までただお礼に行っただけで、家の中へは上らなかった。上っていれば、文学史が多少変ったかもしれないのに惜しいことをしました（笑）。

司馬　そうそう。それで漱石もだんだん萎靡《いび》沈滞してきて、学校へ行くのは――あの人、ちゃんと支度《したく》して行きますから――イヤになってきて、もうやめようかと思ったところへ「新聞屋」がやってきた。そして「新聞屋も学校屋も商売という点では同じだ」などと漱石は言って（笑）、新聞社に入る。

池辺三山とは初対面ですが、三山はたまたま熊本の人でした。西南戦争のときに薩軍に参加した池辺吉十郎の長男で、刀を差した写真が残ってるぐらいの人だったんですね（笑）、体も大きくてヒゲの剃りあとも青く、漱石から見たら西郷さんのようだった。

そのころ、漱石のような人にとっても西郷さんはイメージのくっきりした人でした。三山に西郷をかさねてこれは然諾《ぜんだく》を重んじる人だと。この人に身を託せばいいと思ったらしいんです。つまり池辺三山の風貌《ふうぼう》だけを信じて大転換した。

漱石は明治人の栄誉というか、エリートのパスポートを全部持っているわけでしょう。東京大学を出て英国留学もした。しかも東京大学の先生といえば世間は尊敬しますが、新聞で何かしている人はそんなに尊敬しません。それを、「うちの新聞に小説を書くのが条件だ」といわれ、「ああ、よくわかった」と答える。そして勤め人のようにして小説を書きはじめた。しかも一作ごとに作風を変えていくのは、漱石自身が多角的な才能を持った人だったからできたんです。漱石に交渉にいったとき、のちの漱石を想像できる人は誰もいなかったろうと思います。

井上　当時の人口はいまの半分以下でしょうから同日には論じられませんが、かつての人間には人を直観的に把握し理解する力があったんでしょうね。つまり池辺三山なら池辺三山が、漱石の書く作品はわからないけれども、漱石を見てこれは何かありそうだと感じて、その直観を信じることができた。

司馬　そうでしょうね。三山自身も、朝日の東京の主筆になるような学歴や教養は持っていないんです。どちらかというと素朴《そぼく》な漢学が基本なんですが、漱石は三山の履歴《りれき》よりも風貌を見ただけで信用をした。そういう人間の信用の仕方が型としてあった。まるで芝居の一場面を見ているような感じですね。

日本の発展は終わった

井上　国の力とは何をものさしに割り出すのか、よくわかりませんが、最近、日本の国力は、敗戦のあとの自信を喪失していた時代と比べても、また東京五輪のあとと比べても、総体にみんなぼんやりしているというか、何か活力がなくなってきたという印象があります。

司馬　それはありますな。

井上　今年（九五年）最大の特徴かもしれません。政治家も官僚もすぐに動けない。「乃公出《だいこう》でずんば」というような人もいませんし、一方でどんどん失言して状態を悪くしていく人がたくさんいる（笑）。どうも国力が落ちてきているんじゃないかという心配があります。

司馬　もう、だいたいこれで終わりなんでしょう。日本のいわゆる発展は終わりで、あとはよき停滞、美しき停滞をできるかどうか。これを民族の能力をかけてやらなければいけないんです。

井上　美しき停滞……、それはいい言葉ですね。

司馬　でも、どうもその美しき停滞にはいけそうもない。先日、宮崎駿《はやお》さんがおっしゃってました。アニメ映画をつくるときの、若い声優の声がだめなんだそうです。たとえば『紅《くれない》の豚』では、登場人物の一人である十七歳の女の子がアメリカからイタリアの町工場主のおじいさんのところに戻ってきて飛行艇《てい》を設計するんですが、その子の役を一般の人たちから募集してテストしてみたら、ほとんどみんな娼婦《しょうふ》の声なんだそうですな。

井上　なんだかかなしい話ですね。

司馬　井上さんも私も一人でやってきましたが、宮崎さんはアニメですから画工が必要ですね。しかし画工が百人いても、できる人は何人かしかいないらしいんです。そのできる人は大変な仕事をこなしているけれども、給料は平等にしてあるそうです。で、あんまり忙しそうだから二人にすると、やっぱり二人とも忙しくて同じ効率しかない。それで三人にすると、今度は効率がゼロになるという（笑）。

会社でもそういうことがありますね。この間、ある出版社の古手《ふるて》の重役さんが話していました。自分たちのときには三分の一の人数で、しかもいろいろ遊びながらやっていたのに、いまは自分たちのときよりも忙《いそが》しそうに働いている。ところが、よく考えてみたら、人数は増えていても、小さな仕事を細分化してただ単に忙しがってるだけだと。「それだけ日本はだめになったんでしょうか」と言ってショックを受けているんですね。

勃興《ぼっこう》期の国と日本との差

井上　ぼくにも似たような経験があります。中国から大勢の留学生がまいりますが、身元引受人がいないと日本の学校へ入れません。そこで友人に頼まれて三回ばかり身元引受人になったことがあります。

三人とも女性ですが、最初の人に字引《じびき》を一冊あげた。一年半後に「今度こういう大学を受験します」といって訪ねてくると、ぼくのあげた辞書がハンドバッグに入れてあって、それが表紙が取れてフニャフニャになっている。この人はすごい勉強家だなと思ったら、無事、大学に受かりました。

この人は特別努力家なんだと思っていたら、次のお嬢さんも同じなんです。働いて生活費を稼《かせ》ぎながら、徹底的に勉強する。この人も辞書を引きつぶしているんですね。

そして一年ほど前に三人目の人がきたんですが、この人もやっぱり辞書を引きつぶしている。一人だったら特殊例といえますけれども、くる人くる人みんなが辞書を一年から二年で引きつぶして、バラバラにしているんですね。ああ、国じゅうが沸《わ》き立って何かの目的へ突っ走って進んでいるときには、一人一人の若い女性がこれほど勉強するのか、と思って感動しました。

ひるがえってぼくの周りを見ると、それほど勉強している大学生はまずいない。十年後、二十年後にこの一人一人の力がどういうふうに中国を変え、日本がどうなっているかを考えると、余計な心配かもしれませんが、心もとない感じがするんですね。

司馬　勃興期の国というのはえらいものですね。

明治の日本でも、土木工学の最初の日本人教授になった古市公威《ふるいちこうい》は、フランスに五年間留学していたとき、ものすごい勉強をしたらしいです。そのノートがいまでも東大の土木工学科に残っているそうですが、そのときの下宿のおばさんが、「あなた、少し休まないと体をこわしますよ」と言ったら、「ぼくが一日休むと日本は一日遅れます」と答えたという（笑）。辞書をボロボロにした中国の女子学生と同じですね。こういう経験をヨーロッパ人は経験したのかどうか。あるいは、アジア人の特徴かもしれませんが。

井上　それが、そうでもないようです。政治活動をしてハーバードの大学院を追い出されたアメリカの青年が日本へやってきたとき、たまたま京都産業大学がロシア語の教師を募集していたんです。彼は日本語は全然できないんですが、「一ヵ月半待ってください。新学期のときにはしゃべれるようになってきます」と言って、応募した。京産大の人は呆然《ぼうぜん》です。ところが彼はいきなり韓国へ行ってしまった。韓国は日本の植民地時代にどうしても日本語を勉強しなければならなかったので、方法論として日本語を教える技術があると見て、ソウルの日本語学院の住み込みの掃除夫になったんです。そして昼は掃除しながら授業を聞き、夜も勉強します。一ヵ月半後、京産大の人たちが忘れたころに颯爽《さつそう》とやってきて、日本語で「おはようございます」(笑)。

この人の辞書がやっぱり同じですね。いつも辞書を持っていて、食事のときも移動のときも離さない。だから表紙は剝《は》がれ、頁《ページ》はめくれ上って、全体にフニャフニャです。この人はユダヤ人ですが、依《よ》るべきものは知識だけという迫力が伝わってきました。

ぼくら日本人は恥ずかしがり屋だから語学が苦手《にがて》だとか何とか勿体《もったい》つけていますけれども……。

司馬　単にわれわれは努力が足りないんですね。そういえば、オーストラリアの日本語を選択した学生がやっぱり似たようなことをやっている。それを「あなたたちは才能がある」と言っているのは日本人だけですな（笑）。

井上　イチロー君とか野茂《のも》君とか、若い世代にもすごい人たちが出てきましたけれども、どうもぼくらの記憶にある日本人の姿と、ぼくも含めたいまの日本人とを比べると、のんびりしているというのか、緊張がないというのか、不安になってきますね。

平凡の極みに事件は起きた

司馬　野茂さんはお父さんが五島《ごとう》列島という僻地《へきち》に生まれたそうですね。すると混血が少ないところだから異能が保全されたんだろうという小理屈《こりくつ》がつきますけれども、イチローは人口の多い愛知県ですからそれはあたらない。二人とも自分の天才を自分が守ってきたという、それだけの頑張りの顔も見せずにケロリとしている。これは二人とも偶然現れた天才だからであって、われわれの社会の必然が彼らを出したのではない。それをみんなわかってるから、脅えながら拍手してるんですね（笑）。

私たちはみんな平均的な、秀才互助《ごじょ》組合的なところで生きているものですから、天才が出るわけがないんです。出るわけないのに、たまたまイチローと野茂が出てくれた。つまり、なんだか知らないけれども町内のお稲荷《いなり》さんからキツネが飛び出したような驚きで拍手してるだけで。

井上　なるほど、そんな感じですね（笑）。

司馬　われわれの国は天才を出すんだ、というような、社会的な一種の黙契《もくけい》があってイチローや野茂が出てきたのではない。天才を育てるより、むしろ平凡を目指している社会が今日に行き着いてしまったんです。バブルを起こしたのも平凡の極《きわ》み。ボンクラの極みでバブルを起こし、そして銀行は全部棒を呑んだように突っ立っているだけで、果ては資本主義のすり鉢《ばち》の底のようなアメリカで、ウォール街で怪しげなことをやる。

そこは博《ばく》打《ち》場と同じでしょう。博打場へ行って挙措《きよそ》怪しき動作をして、後ろで何か変なものを隠す。おまけにそれを上から下まで合意のうえで糊塗する。あの銀行がアメリカの法人なら頭取は逮捕されるでしょう。博打場で両手を隠したりするやつがいるはずがないのに、平気でやっているわけですから。

蓋《ふた》を割れば哀れな話で、野村証券こそ立派な証券会社になりましたが、彼らが大阪に置いてきた野村銀行というのは、あとになって大和銀行という抽象的な名前に変えはしたけれどもそんなに人材の集まっている銀行ではなかった。ただ、預金獲得とか融資とかで日本的に一生懸命やってきた、いわば草野球の球団だったわけでしょう。

それが預金高が多くなったものだから海外に出ていったはいいけれども、人材はいない。英語をしゃべれる者がいなかった。そこへ、日本の高等学校を出てアメリカの大学に入って、英語だけはしゃべれるというような若者がフラッとニューヨーク支店に入ってきて、オレを使ってくれという。その男を矢面《やおもて》に立て、しまいに博打場へやらせる。するとたちまち損をする。そいつは黙ってる。支店長も自分の失点になるから黙ってる。その談合がしまいに頭取まで行くという、気の毒な話（笑）。単に人材不足の話なんです。

大谷光瑞《こうずい》や井上準之助からこんな話になってしまうとは（笑）、ずいぶん卑小《ひしょう》な話ですね。

ついでながら、大谷光瑞も責任感という点では大変なものですよ。本願寺が根本《こんぽん》教典にしている阿弥陀経が後世の創作らしいといわれて、敦煌に探検隊を派遣する。敦煌をかきさがしてもお釈迦さんの説だという証拠など出てきっこないんですけど（笑）。

いま石橋湛山《たんざん》に学ぶこと

井上　イチローと野茂の話に戻りますと、彼らの出現は、ぼくはひとつの希望にも思えます。

先日、アメリカで売れている「ベースボール」という九巻もののビデオを見ました。これはむかしの写真とフィルムを集めた、アメリカのベースボールの歴史で、その四巻目にベーブ・ルースのフィルムがたくさん出てきます。それを見ていたら、イチローの打ち方とベーブ・ルースが同じなんです。バッターズボックスのいちばんうしろに構えて、球に合わせながら前進して打つんですね。イチローは非常に個性的な打ち方をすると思っていたら、実は球がよく見える人にとって、あれはいちばん合理的な打ち方らしい。あのイチローの打ち方を、コーチはきっと何かいろいろ言ったと思うんです。「それじゃプロで打てないよ」とか。でも、イチローは頑固《がんこ》に自分のスタイルを守った。野茂もそうです。

もうひとつ、野茂もイチローも共通して、テレビのカメラが向いたら何か受けることをしゃべろうという意識がない。カメラの前での一億総芸能人化が進行する中で、カメラに向かって媚《こ》びてみせたりおどけてみたりするところが一切ない若者も出現してきたんですね。

司馬 あ、つまりさっきの娼婦の声との違いですね。

井上 そうです。オレにはオレの本業があって、それをしっかりやっている。たままカメラがきたけれども、自分は本業で見てほしい。べつに違うところでサービスする必要はないという、かなりしっかりした若い衆がポコッポコッと出てきたわけです。

ＮＧＯをやっている若い人たちにも、それがあります。何か面白いことを言って笑ってもらおうというところが全然なくて、政府や企業と関係ないところで自分の力を役立てることが自分にとっての喜びであるかのように、一生懸命やっている。美しき停滞が実現するとしたら、その突破口は、案外、二十代の人たちあたりがつけてくれるのではないかという希望もないではありません。

石橋湛山《たんざん》が何かのときに「いまどうしたらいいでしょう」と聞かれて、「いや、行くところまで行くしかない」、行き着くところまで行ったら、また新しい孝行息子が出てくるよという意味のことを言ったそうですね。

たとえどん底へ向いながらも、新しい活力を持った若い人たちが出てこられるような下地づくりを、せめていまのうちにやっておかなければいけないとも思うんです。

司馬　石橋湛山は、大正時代、昭和初年に日本じゅうが「国家は伸長しなければならない」と合唱していたときに小日本主義を唱えましたね。朝鮮も台湾もすてよ。それは決して自己顕示で言ってはいない。暮夜《ぼや》密《ひそ》かに勘定してみたら、日本は千何百年の独立国だった朝鮮を、誇りの首の骨をへし折ってまでして併合したけれども、そんなことにカネをつぎ込んでもそこから得られる果実はほとんどない。合理的に計算してみたらそれは全部損だと言ったわけです。そして、江戸時代以来の国土のままでも日本は経済も外交も十分やっていけます、ペイしますという議論を、おそらく自分の紙と鉛筆でつくり上げた。

もし彼が東京大学法学部に行っていたら、おそらく「合唱」グループに入っていたと思うんです。ところが彼は山梨県の身延山《みのぶさん》のお寺の子で、日蓮宗の坊さんになるという目的で早稲田に入って哲学を勉強した人でした。これは野茂が五島列島から生まれたのと同じですね、当時の官僚社会から見れば。

いま日本が戦後五十年にして行き詰まっていることを考えれば、彼の小日本主義をきちっと政治思想化して受け継ぐ勢力があるべきでした。そういう石橋湛山を大好きだったのは労働大臣だった石田博英さんだと思うんですが、その子分が山口敏夫さんになるんですから(笑)、しようがないですね。

井上　石橋湛山が戦後に書いた文章でぼくの記憶にいまも鮮明なのは、日本は朝鮮半島に責任を背負わなきゃいけないと述べたものなんです。
戦前、戦中にかけての永い間、三十八度線から北は関東軍の受持ち、三十八度線から南は第十七方面軍の受持ちだった。その日本が決めた軍の受持ちをそっくりアメリカとソ連が引き継いでしまった。だから日本がもう少し早く戦争をやめていれば朝鮮で南北相戦うことも、朝鮮が南北に分断されることもなかったかもしれない。したがって日本は南北分断に、朝鮮戦争に多少とも責任を持たなければいけないという短い文章です。

一方にそういうことを言っている人がいるのに、「いいこともした」などと言う人がいる。あれほど日本の国益《こくえき》を害している人たちはいないと思うんですが。

司馬　その通りです。ふつうの計算からいっても、一声一億円の損害でしょう。河野洋平さんが謝《あやま》りにソウルへ行っていたら、その経費だけとっても大変な国益の害ですよ。

韓国の人たちにしてみれば、自分たちの習った教科書とまったく違うことを日本の閣僚が言っているわけですから怒るのは当たり前。オフレコだろうが何だろうが、言いたいことがあれば教科書論議までお互いやればいいんです。隣国なんですからね。

井上　おっしゃる通りです。

司馬　感情の爆発などという人もいるけれども、あれは「まだそんなことを言っている」ということであって、しつこいわけではないんです。私が韓国に生まれていたら同じことで、言葉は悪いけれども「あの野郎め！」と言っているに違いない。

日本人が怠った手続き

井上　最近、憲法学者の樋口陽一さんに、同じ敗戦国である西ドイツは再軍備したけれども、そのへんはどうなんですかと聞いたところ、答えはこうでした。

　西ドイツは、かつてのナチスドイツがいろんな国に迷惑をかけたということを、つまり当時のドイツが間違っていたということを、たえずフランスはじめヨーロッパの国々に表現している。これをぼくなりに言い換えると、西ドイツ政府は周辺諸国に、ことあるたびに、「いまの国のありようと、ナチスドイツ時代の国のありようとは、政治的に《断絶》している」ということを言いつづけてきました。西ドイツが支払った補償金は、邦貨への換算がむずかしいのですが、ぼくの計算では約十兆円です。一方、日本は五十四ヵ国を相手に戦い、賠償を要求してきたビルマ、フィリピン、インドシナ、南ヴェトナムの四ヵ国に対して約十五億ドル支払っております。他方で、軍人と軍属に対する恩給が九四年まででで三十三兆円です。もちろん、軍人・軍属に払わなくていいというわけではなく、払うべきなんですが、西ドイツが日本と違っていたのは、他の国々に迷惑をかけたという基本態度をしっかりとって、過去のドイツとは違います、あのときを教訓に、いま新しい理念で国をつくろうとしていますということを絶えず表現して、そのためにナチス時代の公職にあった者は公職に就《つ》けないとか、戦争責任者たちを時効なしに追いかけるとかしながら過去との政治的断絶をアッピールして、周囲の理解を得ながら、再軍備をやっていった。

なおかつ「良心的兵役拒否制度」という、自分は徴兵《ちょうへい》されたけれども鉄砲は持ちたくないという者は危険な汚い仕事を三年間やるというような、個人の良心が生きる制度をつくったうえで再軍備している。

日本はそういう手続きを全部抜かして一気に「普通の国」になりましょうといって再軍備をしようとするからいろいろ問題が起きるんだ——というのが樋口陽一さんのお話でした。これには心を揺すぶられました。

日本人はこの五十年間、こういった手続きを抜かしてきた。相手の立場に立って、自分がそうされたらどう思っただろうかということをいちいち検証して、もう昭和十年代のあの大日本帝国とは違うんです、こういうふうにみんなと一緒に生きていきたいんですということをきっちり周りに表現しながら、しかし、やっぱり軍備は必要だという手順を踏んできませんでした。もし「普通の国」になりたければ、そうなれるような手順を踏むべきです。

司馬 踏んでないですね。反対運動とまあまあ運動だけある（笑）。

井上 そうです。

司馬 ドイツ人はヨーロッパで生きていけないほどの歴史を背負ってしまったわけでしょう。戦後ドイツの指導者たちはそう思って、われわれはドイツ人であるよりも、良きヨーロッパ人になりますと宣言した。もちろん若者にドイツ人という民族の誇りを持たせたいという気分はあると思うんですが、それを質に入れてまで、悪かったと言い続けた。地続きでお互いに隣人だった国をやっつけたわけですから、どのようなことをしてでも贖罪《しょくざい》しますという姿勢以外には生きていく道がなかったろうと思うんですね。

ところが日本は離れ小島なものですから、ラバウルから帰ってきたら歌を一つ歌って（笑）、忘れてしまった。韓国といえども、玄界灘《げんかいなだ》を越えるわけだから、引き揚げて帰ってきたらそれですっかり忘れてしまう。

しかも、ドイツ人ほどひどいことをやっていないという意識がどこかにある。しかし、程度の違いを論じたってしようがないんです。質は同じなんですから。

井上　あるドイツの学者によれば、彼らにはこんな意識があったと言うんです。地続きの国々をひどい目にあわせてしまったことをどうお詫《わ》びすればいいか。とにかく誠意はまずカネで見せるしかない。そのカネは工業で稼《かせ》ぐしかない、そこで西ドイツは高度工業化を目指した、と。その点、日本人は哀れといえば哀れで、とにかくひどい状態から抜け出そう、黙々と働くしかないということで高度成長がきます。そしておカネがたまってくる。しかしその使い道がわからないんですね。

ところがドイツは、カネを稼いで賠償金を払う、稼いだら払うということを繰り返していくうちにヨーロッパ統合の中心になってくる。結局、周りが前のドイツとは違うということを理解したわけですね。ですから、日本は表現が下手なんです。

司馬　下手ですね。とにかく相当な賠償金は出した。出したけれども心がうまく通っていないんです。しかし、アジア人に対してドイツのように日本が振る舞えたかといったら、これがなかなか難しいんですね。そうしたら当方の戦死者はどうなるんだという、別の議論を持ってくる人がいる。

大火事が起こったら、誰でもそのへんの水を靴に入れてでもひとかけして、自分の家を守ろうとしますよ。自分の命をそうやって国家に捧げたのであって、それはどんな場面でも尊い。感謝しなきゃいけない。しかし、それとこれとは話は別だということなんです。

井上　そこは実に大事なところですね。

司馬　結果として遺族会の人が日本を不幸にする団体のような印象を、私たちに持たせはじめていますね。これは決して遺族会の本意ではないでしょう。遺族の方々を政治的圧力団体に巻き込んで、政治家たちの政策決定とか、政治思想の決定に制約を与えるような存在にしてはいけない。これでは美しき停滞が停滞にはなりませんから。

「普通の国」より「理想の国」

井上　日本人はこの五十年間、一生懸命働いて生活を何とか立て直そうという気持ちを持ってきました。ぼくももちろんそうでしたし、それは大変意味のあることだったと思います。しかし、この五十年目にその考え方にけじめをつけるときが来たといいますか、いま、断崖に立たされているような気がします。

たとえばわれわれはムルロア環礁《かんしょう》の核実験に反対しますが、調べていくと、日本は中国からウランを買って原子力発電所を稼働《かどう》させて、その廃棄物の処理をフランスの核燃料公社に頼んでいる。フランスとの取引額でいちばん大きいのが、ルイ・ヴィトンとこの核燃料公社へ払うおカネなんですね。

フランスの核燃料公社には、他の国からも廃棄物がきます。核燃料公社はそれを処理して、ここからプルトニウムを取る。このプルトニウムで核兵器をつくるわけです。そうすると、ひょっとしたら私たちの使った電気の残り滓《かす》から、実はムルロアで爆発する核兵器の何分の一かができている可能性がある。

司馬　むろんありますね。

井上　とすると、フランスに対して抗議するのはもちろんですが、やっぱり日本人が自分たちの生活の中から核の問題を考えなければいけないのではないか。たとえば原子力発電所に対する態度です。どこまでも断々乎《だんだんこ》として平和利用しよう、あるいは原子力発電所は世界的に流行《はや》らなくなったので違う手を考えようということでもいい。そういう国民的な議論をして、日本政府の態度にわれわれの考えをきちんと反映させて核に向かっていかないと、外から見ると力の弱い反対になってしまう。

司馬　そうですね。

井上　それから、ラロック証言などで日本国内に核兵器があることは確かですね。そうすると、よく中国が、日本は核の傘《かさ》に入っていて何を言ってるんだ、反対も何もないだろうと批判してきますが、実は外から見るとその通りで、間接的に核を保持していながら、ノー・モア・ヒロシマ、ナガサキ、ムルロア反対というのは、外国から見れば、あの人たちは何をノーテンキなことを言ってるんだととられかねないわけです。

安保条約にしても、もちろんアメリカと友好関係を保つことは必要ですが、日本に核兵器を持ち込ませないという非核三原則があるのだったら、それは大事にしなきゃいけないし、大事にできなかったらその原則はなくさなきゃいけないんですね。自分たちが選んだ原理原則に責任を持とうとしない……。

司馬　私は、「普通の国」になどならないほうがいいと思ってます。日本は非常に独自な戦後を迎えて、独自な今日の形態にあって、この独自さはいいんだという気持ちがある。たしかにその独自さの中に間尺《ましやく》に合わない、つまり核の問題も再軍備の問題もあります。しかし、かといってそれを全部クリアしてフランス並み、あるいはアメリカ並みの「普通の国」になって「普通」に振る舞って、それが何になるんだということがあるでしょう。

井上　ありますね。

司馬　再び砲艦《ほうかん》外交をやる、あるいは核を持って人を脅す外交をやるというんでしょうか。われわれはそれ以外の道を戦後に決めて、しかもわれわれの頭にはそれがしっかり染《し》みこんでいるのだから、もうちょっと違った理想的な国をつくるほうに行こうじゃないかと思うんです。日本が特殊の国なら、他の国にもそれを及ぼせばいいのではないかと思います。

そういうことを言うと、じゃあ北朝鮮や中国のような普通の国が核攻撃を仕掛けてきたらどうなるんだと言う人たちが出てくる。どうなるもこうなるも、そうなると地球がだめになるんだから、そうならないように早くから外交を積極的にやって、それらの国を世界という一テーマ、つまり人権とか平和といった一テーマに参加してもらうように持っていくべきなんです。

そういう努力もしないで、今日になってにわかに「普通の国」というのは、イメージとしては要するに昔の五大強国とか三大強国という意味でしょう。

井上　だろうと思いますが。

司馬　ぼくらは戦後に「ああ、いい国になったわい」と思ったところから出発しているんですから、しかも理想が好きな国なんですから、せっかくの理想の旗をもう少しくっきりさせましょう、といえばいいんです。そのとき「おまえ、朝鮮半島を支配したことがあるじゃないか」と言われれば、昔の話だけれども「申し訳なかった」と頭を下げていかなければいけない。頭下げるのはカッコ悪いと言うけれども、いくら頭を下げてもいいんだ、カッコ悪いもヘッタクレもない。

井上　ああ、いいですね、それは。

司馬　基本的な誇りの首の骨を折られた人たちには、三代、四代あとまで謝ることは必要です。それでいいんです。それで少しも日本国および日本人の器量が下がるわけではない。

井上　おっしゃる通りです。

自尊心と広い度量と

司馬　器量が下がると思っている人は、自尊心の持ち方の場所が間違っている。

井上　ケチをつけられたくないという、みみっちい自尊心を持ってるんですね。間違ったことを認めてそれを表現するということは、自分の暗部を自力で乗り越えることでしょう。ですから、かつての日本、そのあとの日本、あらゆる日本について日本人がしっかり自己評価して、あのときの日本はよくなかったとか、このときの日本は誇るべきだとか、そういう表現をするのは一向、自分の値打ちを下げることではないんです。

司馬 私たちの自尊心はどこからきているかというと、ニューヨークにいてもパリにいても、「ああ、室町時代に世阿弥《ぜあみ》という人がいたな」と思うだけで、ちゃんと町を歩けますよ。「考えてみれば江戸時代に西鶴《さいかく》もいたな。近松門左衛門《もんざえもん》もいた。日本人は偉いとも思わなかったけれども、西洋人が偉い人だと言いはじめた広重《ひろしげ》も歌麿《うたまろ》も写楽《しゃらく》もいたんだ」と、そんなふうに思って歩くから歩けるのであって、経済力がどうだとか、いろいろ侵略したから頭を下げ続けてますというようなことで自尊心はどうこうならないですね。

井上 そうですね。

司馬 私も、自国の文化がいちばんいいと心の底で思い続けている一人です。同じように、イヌイットもモンゴル人も、自分の文化がいちばんいいと思っている。そうでなければ、人間はこの地球上で暮らしてはいけない。これをエスノセントリズムというそうですが、これは性欲に次いでの人間の本能の一つだと思うんです。人間の荘厳《そうごん》さの一つだと。

もちろん、現代ではそれだけに凝《こ》り固まっていては世界はとらえられません。モンゴルの草原に住んでいれば自分たちの文化への誇りだけで一生を送れるかもしれませんが、日本では複雑な世界状況を経験しなければいけない。学問の形で受けたり、政治状況で受けたり、あるいは経済や芸術の形で世界が日本列島で渦巻《うずま》いている状態の中では、民族としての自尊心を保つのはなかなか単純にはいかない。単純にはいかないけれども、そこはせっかく高い識字普及の社会でつくり上げた自分たちの教養でもって、何とか保たせなきゃいけない。そのとき世阿弥が生きてくるんですね。

井上　一人一人それぞれがそんな世界の中心だと思っていいわけですね。そして、外には輸出できない自分の文化をしっかり持ちながら、輸出できるもので生活を立てていく。

輸出できるものとは、おそらく文明と称されるものでしょうけれども、文化は輸出できない。これはオレたちが祖先からずっとつくってきたものである。これがあるからここは素晴らしい、ここが世界の中心である。そして、隣の人もそう思っているわけです。

大切なのは、お互いにみんなそう思っているという眼と、自分のところを大事にするという眼と、どちらか一方に偏ることなしに、両方、非常に矛盾してはいながらその矛盾を同時に持って生きていけるような、度量の広い民族になってゆけるといいですね。

司馬　度量の広さ、いいことばですね。

世界は公開せよと言っている

井上　よく成田空港で、海外旅行から帰ってきたご婦人たちが「いやあ、日本がいちばんいい」と言いますね。それは大事なんです。ただ、行った先の人たちも自分の国がいちばんいいと思っているんだと、相手の立場へもうひとつ意識を広げると、ものごとはよほど解決していくと思います。

たとえば、今年（九五年）の初めにベアリングズ証券のシンガポール法人で、巨額損失事件がありましたね。それについてイギリスの経済研究所の人たちが、われわれはあの事件が起こったときに、二十四時間以内に全世界に伝えた。ところが、大和は伝えなかった。こちら側の立場も考えてくれと言うんです。そういう大きな穴を隠したままカネを集めたりされては大変なことになる。日本の金融界がガタッとなると世界金融が将棋倒しになる。それはイギリスもしかり、アメリカもしかりである。だからわれわれはみんな、不祥事が起きたら全部連絡しあってるんだ。それをやらない日本という国はよくわからんといって怒ってるんです。

司馬　江戸時代からのクセがまだ抜けてないんですね。自分の家とか自分の藩とか、あるいは幕府の恥は外へさらさない。手の内を明かさない。国民にも明かしませんな。明かさなかったために一度国が滅びましたからね。

第一次大戦は軍事革命でしたから、人も物資もトラックや船で動くようになり、軍艦も重油で動くようになりました。そうすると、石油のない国はもう終わりなんですね。そういって海軍も陸軍も手の内を明かせばよかったんです。それを、口をぬぐってファナティシズムに変えていった。それで結局追い詰められて、太平洋戦争を始めなければならなくなったときに、蘭領インドシナに石油を取りに行ったわけでしょう。

そのためには周りの軍事基地をやっつけておかなきゃいけないからシンガポールもコレヒドールもやっつけた。やっつけるだけではだめで守備隊も島々に置いた。それだけのことだったということに、私は二年ほど前のある晩に気がついて愕然《がくぜん》としたんです。これだけの大戦争を経験していながら、防衛庁の戦後史も太平洋戦史もその基本テーマを明かしてこなかった。

よく考えれば、石油を取りに行くために石油で軍艦を動かさなきゃいけない。それをわれわれに早く言ってくれたら、昭和のファナティシズムもなかった、右翼の勃興《ぼっこう》もなかった、二・二六事件もなかった。石橋湛山ではないけれども、小日本主義を考えようじゃないかという議論もひろがりえたと思うんです。

井上　そうですね。アメリカのマンハッタン計画という国家的大原爆製造事業は、いまは細部に亘《わた》って全部わかるわけです。国民の税金で運営している政府の仕事は、その税金を一セントでも使っているかぎり、電話料から何から全部証拠で残さなければいけない。しかしいま公開すると騒ぎが起こるので七十年間は公開しませんといいながら、時期に応じてすべて公開していくから、政府がなにをし、なにをしなかったかがよくわかるわけです。

いまの不良債権問題にしても、銀行が一体どうなっているのか、ぼくらにはわかりませんね。それを全部提示したところで、べつに三菱銀行や住友銀行が恥ずかしいわけではないと思う。こうなって、こういう事情でこうなってしまいましたと明らかにしてくれれば、ぼくらも考えることができるんですが、そういう国民一人一人の考えや判断がまったく利かないところへ持っていってしまう。

いまアメリカはじめ世界が日本に言っていることは、要するに情報提示・開示が世界の規則なんだ、いま世界はその規則で運営しているんだから、日本も情報を出してくれと、そういうことだけだと思うんです。

司馬　銀行の不良債権は、大蔵省が「思い切って言いますけど四十兆円です」と言ってるよりも多いらしいですな。いっそ百兆円を超えてますすと言われても、こちらは数字がすごいんだからどうせわからない（笑）。

「不良債権でにっちもさっちもいかなくなってます。だけどこうやってこうやれば何とか解消できるが三十年ほどかかります。どうでしょう」と言えばいいんです。そしてもうひとつ、「バブルが悪うございました。バブルは違う方面に持っていくべきでした」ということも謝ってほしいですね。

きれいに謝れば、「あ、銀行のような賢い人たちでも間違うのか。大蔵省もバブルは結構だと言ってたけれども、ああ、大蔵省も謝ってる」、これでスッキリするんです。

井上　そうですね。それがなぜできないか、不思議ですね。

司馬　私は昔、大阪の商人のやり方は間違ってる、東京の書生風《しょせい》の商売のほうがこれからのやり方だとよく言ってたんです。大阪の商売は、手の内を隠して、この商品はどうのこうの、値段はこれぐらいじゃやどうだこうだ、噺家《はなしか》みたいに途中で冗談入れたりして、長いことかかるんですよ。

それよりも、東京のように——勝手に理想化しているんですが——うちの元手はこれだけで、ウイークポイントはここなんだけども、元手はこれだからこれだけ儲《もう》けさしてもらいたい、ここまでは値引きできないんだといえば、二十分ほどで済んでしまう。

そんなことを言ってたんですが、われわれ下々の商売のレベルでは、お互いに情報交換して、手の内を明かすようになっている。自分のウイークポイントを出すことは相手に安らぎを与えますから、それもいいことなんだとわかってきているんです。だから大仰《おおぎょう》に構えている国や銀行がその精神でいけば、ずいぶんスッキリした国になる。

井上　そうですね。

司馬　大和銀行の事件そのものは小さいですが、実はその意味は大きいんです。ほんとうは日本式やり方のつまずきなのですから。だから太平洋戦争の第二の終末のつもりで受け止めて、スッキリした日本につくり変えていくためのちょうどいいチャンスなんですね。

井上　新聞を読んでたら小さく、日本の銀行のランク付けが変わったと書いてありました。一時期、日本の銀行はベスト10の中に七行ぐらい入ってたでしょう。いまはブラジル並み、というとブラジルに申し訳ないですが、これは言ってみれば、一億二千の日本人が五十年間せっせせっせと自分の妻子のことも考えながら会社のために必死になって積み上げてきたものを、政治家と官僚が――われわれがまったく無罪ということはないんですが――いま勝手に自分たちのやり方で崩し将棋みたいにどんどん崩しているような感じがありますね。

司馬　その比喩《ひゆ》の通りです。大変な国家的信用の失墜《しっつい》ですね。

井上　大蔵省の高官が、自分が買ったマンションを人に貸して自分は安い公務員住宅にいる。そのこと自体が日本の評判を落とすんです。先生がおっしゃった古市公威の名セリフを借りて言いますと、「自分が怠《なま》けると日本が遅れる」というぐらいの自負は持ってもらいたい。

司馬　つい言葉が汚くなりますが、てめえのマンションを人に貸して官舎に住んでる。「そんなうすみっともないことができるか」というのがかつてのふつうの日本人でした。それがいま平気でやっている。それが国家規模になると、そういう濁《にご》ったものが政策の基本思想に必ず臭ってきますよ。

私は、日本人はもっときれいだと思ってました、今度のこの銀行事件が起こるまでは。戦前とちがってもっと両手を明かして行動できる民族になっていると思ってました。

井上　あのとき、新聞の一面トップはまず「大和、住友と合併か」と出てきましたね。二番目に「アメリカ大和銀行の営業停止」。このへんが秀才のやり方ですね。合併のニュースで営業停止という、いわば思想的な大事件を消そうと、そう意図したのかどうかは……まあ、きっと意図したんでしょうけど。

司馬　意図したんでしょう。でももっと驚いたのは、事件が起こってからアメリカが嫌いになったという前会長の談話です。

井上　ひどいですね。

司馬　アメリカは資本主義経済を守るために一生懸命ルールをつくってやってきた。スポーツや博打とはそういうものでしょう。一つの国がそれを一生懸命守っていることで出来上がっている市場で、しかも銀行家といえば資本主義的合理主義そのものを身につけるはずなのに、自分の特異なカルチャーを持ち込んでわけのわからないことをやっておいて、アメリカが嫌いになったというのは……。

井上　傲慢無礼《ごうまんぶれい》、おまけに無知ですね。

司馬　ほんとに嫌になりましたね。日本に住んでることが嫌になった。そのぐらいの驚きでした、この事件は。

井上　五十年のツケが、いまジワジワときているんですね。これまでのやり方はここでほんとうに終わりにして、一から考え直さなければいけない。

やはり目指すは「美しき停滞」ですね。それしかないかもしれない。

司馬　なぜ停滞がいいのかといったら、オランダを見ていたらよさそうに思うんです。オランダは国土の四分の三が国有地ですね。シーザーのころからダムを築いて、みんなでつくっていった土地だから国有地なんです。そこに芝生を植えて、ヤギとヒツジを二、三頭飼《か》って自転車に乗って遊牧している人がいました。これは娯楽なのか生き方なのかよくわかりませんが。

アムステルダムに日本人学校ができたとき、その小学校は日本の小学校並のグラウンドを持っていて七十円の地代でした（笑）。美しき停滞とはそんなものだろうと思います。

井上　成熟《せいじゅく》ですね、それは。

司馬　あ、美しき成熟。それもいいですね。

井上　停滞を何とか克服しながら、みんなして、美しき停滞から成熟へ、この国を持っていかなければいけませんね。

（文責　編集部）

本書は一九九六年七月に小社より刊行され、一九九九年六月、講談社文庫に収録されました。

初出誌「現代」宗教と日本人（'95・6月号）、「昭和」は何を誤ったか（'95・7月号）、よい日本語、悪い日本語（'95・9月号）、日本人の器量を問う（'96・1月号）

|著者|司馬遼太郎　1923年大阪市生まれ。大阪外国語学校蒙古語科卒。産経新聞社勤務中から歴史小説の執筆を始め、'56年「ペルシャの幻術師」で講談倶楽部賞を受賞する。その後、直木賞、菊池寛賞、吉川英治文学賞、読売文学賞、大佛次郎賞などに輝く。'93年文化勲章を受章したが、'96年72歳で他界した。『竜馬がゆく』『坂の上の雲』『翔ぶが如く』など〝司馬史観〟と呼ばれる著書が多数ある。

|著者|井上ひさし　1934年山形県川西町（旧小松町中小松）生まれ。上智大学フランス語学科卒。放送作家としてNHK人形劇「ひょっこりひょうたん島」（共作）などで活躍を始める。'72年に『手鎖心中』で直木賞を受賞。その後、吉川英治文学賞、菊池寛賞、朝日賞、毎日芸術賞などを受賞。主な著書に『四千万歩の男』（全５巻・講談社文庫）、『井上ひさしの子どもにつたえる日本国憲法』（講談社）などがある。

新装版《しんそうばん》　国家《こつか》・宗教《しゅうきょう》・日本人《にほんじん》

司馬遼太郎《しばりょうたろう》｜井上《いのうえ》ひさし

講談社文庫

定価はカバーに
表示してあります

2008年２月15日第１刷発行

発行者――野間佐和子
発行所――株式会社　講談社
東京都文京区音羽2-12-21　〒112-8001
電話　出版部（03）5395-3510
　　　販売部（03）5395-5817
　　　業務部（03）5395-3615

Printed in Japan

デザイン―菊地信義
本文データ制作―講談社プリプレス制作部
印刷――株式会社廣済堂
製本――株式会社若林製本工場

落丁本・乱丁本は購入書店名を明記のうえ、小社業務部あてにお送りください。送料は小社負担にてお取替えします。なお、この本の内容についてのお問い合わせは文庫出版部あてにお願いいたします。

ISBN978-4-06-275964-9

講談社文庫刊行の辞

二十一世紀の到来を目睫に望みながら、われわれはいま、人類史上かつて例を見ない巨大な転換期をむかえようとしている。

世界も、日本も、激動の予兆に対する期待とおののきを内に蔵して、未知の時代に歩み入ろうとしている。このときにあたり、創業の人野間清治の「ナショナル・エデュケイター」への志を現代に甦らせようと意図して、われわれはここに古今の文芸作品はいうまでもなく、ひろく人文・社会・自然の諸科学から東西の名著を網羅する、新しい綜合文庫の発刊を決意した。

激動の転換期はまた断絶の時代である。われわれは戦後二十五年間の出版文化のありかたへの深い反省をこめて、この断絶の時代にあえて人間的な持続を求めようとする。いたずらに浮薄な商業主義のあだ花を追い求めることなく、長期にわたって良書に生命をあたえようとつとめるところにしか、今後の出版文化の真の繁栄はあり得ないと信じるからである。

同時にわれわれはこの綜合文庫の刊行を通じて、人文・社会・自然の諸科学が、結局人間の学にほかならないことを立証しようと願っている。かつて知識とは、「汝自身を知る」ことにつきていた。現代社会の瑣末な情報の氾濫のなかから、力強い知識の源泉を掘り起し、技術文明のただなかに、生きた人間の姿を復活させること。それこそわれわれの切なる希求である。

われわれは権威に盲従せず、俗流に媚びることなく、渾然一体となって日本の「草の根」をかたちづくる若く新しい世代の人々に、心をこめてこの新しい綜合文庫をおくり届けたい。それは知識の泉であるとともに感受性のふるさとであり、もっとも有機的に組織され、社会に開かれた万人のための大学をめざしている。大方の支援と協力を衷心より切望してやまない。

一九七一年七月

野間省一

講談社文庫 最新刊

西村京太郎
十津川警部「悪夢」通勤快速の罠
JR中央線で通勤するサラリーマンを襲った悲劇の連鎖。十津川は事件の真相に迫れるか。

田中芳樹 編訳
岳 飛 伝 (四)〈悲曲篇〉
常勝を誇る岳飛の背後でおぞましき陰謀が張りめぐらされる。史上屈指の名場面が連続！

森村誠一
雪 煙
アルプスの名峰で出逢った謎めいた女性と恋におちた刑事。二人の悲恋に明日はあるのか。

鳥羽 亮
天 狗 の 塒《ねぐら》〈波之助推理日記〉
続発する幼子の誘拐事件。その真相とは？大人気時代推理シリーズ。〈文庫書下ろし〉

加賀乙彦
ザビエルとその弟子
キリスト教伝道師であるフランシスコ・ザビエルの最晩年を、3人の弟子を通じて描く。

小路幸也
高く遠く空へ歌ううた
高く広い空の街で暮す少年ギーガン。知らぬうち不思議な事件に巻き込まれていく——。

野沢 尚
ラストソング
才能だけを信じ疾走する者たち。『破線のマリス』以前に、野沢尚が書いた青春小説の傑作。

日明 恩
鎮 火 報〈Fire's Out〉
20歳の新米消防士・大山雄大が、連続放火事件の究明を通して成長していく長編の傑作。

阿刀田 高
新装版 **食べられた男**
洗練されたユーモアと底なしの恐怖が見事に融合した、ショートショート傑作集41編！

海音寺潮五郎
新装版 **江戸城大奥列伝**
「表」の老中に匹敵するほどの権勢を持つに至った大奥婦女を鮮やかに描いた海音寺史伝。

大道珠貴
傷口にはウオッカ
寿一郎を手放せばあとがない……。痛みを確かめながら生きる永遠子《とわこ》、40歳の愛のかたち。

司馬遼太郎 井上ひさし
新装版 **国家・宗教・日本人**
当代きっての二大作家が迷走する日本の過去・現在・未来の諸問題を語りつくした対談集。

講談社文庫 最新刊

大江健三郎
治療塔
新しい地球に移住した「選ばれた者」たちが帰還した。著者初の近未来SF小説を復刊。

佐藤雅美
白い息
〈物書同心居眠り紋蔵〉
晴れて定廻りとなった紋蔵。町を歩けば居眠りもしないし実入りも増えたが、楽じゃない。

太田蘭三
待てば海路の殺しあり
釣部渓三郎が駿河湾で釣り上げたのは、なんと銀行の女子行員。深まる謎に、痛快名推理。

井川香四郎
忍《すい》冬《かずら》
〈梟《ふくろう》与力吟味帳〉
痛快にして胸に染みる好漢与力の活躍。文庫書下ろし4月スタートNHK土曜時代劇原作。

かしわ哲
茅ヶ崎のてっちゃん
少年てっちゃんが笑わせます、泣かせます！かつて家族は、こんなに面白く温かだった。

黒田研二
ウェディング・ドレス
純愛か裏切りか。結婚式当日起きた悲劇に、秘められた謎とは？　メフィスト賞受賞作。

岳真也
色散華
幕末の京に絢爛たる生と凄絶なる死を咲き散らした新選組。友禅職人が見た血闘の果て。

蘇部健一
届かぬ想い
運命の赤い糸は、赤い血となって繋がってい き……。一途な純愛が招く驚愕のミステリー。

佐高信
佐高信の毒言毒語
小泉純一郎にフィーバーした余波は現在にも及んでいる。辛口時評集。〈文庫オリジナル〉

北野輝一
あなたもできる陰陽道占
運気が下がると、あなたに突然不幸が襲ってきます。運気を変えるには!?〈文庫書下ろし〉

ウィリアム・ラシュナー
北澤和彦 訳
独善（上）（下）
神のごとくふるまい、人助けが趣味という謎の歯科医。規格外のリーガル・サスペンス。

富岡多恵子
逆髪
かつて姉妹漫才で鳴らした鈴子と鈴江。血縁という磁場に搦めとられてもがく家族の生態と、謡曲「蟬丸」の悽愴の光景を重ね、強靱な語りの文体で描く長篇傑作。
解説＝町田康　年譜＝著者
978-4-06-290004-1
とA7

遠藤周作
堀辰雄覚書・サド伝
遠藤文学の二大テーマ、「日本人とキリスト教」そして「悪の問題」について、果敢に挑んだ前半期の精華を集成。評論家としての著者を知るための注目すべき二作品。
解説＝山根道公　年譜＝山根道公
978-4-06-290003-4
えA7

吉田健一
吉田健一対談集成
グラス片手に、文学のこと、文士のこと、父のこと、人生についてなど、河上徹太郎、丸谷才一、徳川夢声ら八名と語り合う酒中抱腹歓談。——あの笑い声が甦る。
解説＝長谷川郁夫　年譜＝藤本寿彦
978-4-06-290005-8
よD15

佐伯泰英　雷鳴〈交代寄合伊那衆異聞〉
佐伯泰英　風雲〈交代寄合伊那衆異聞〉
佐伯泰英　邪宗〈交代寄合伊那衆異聞〉
佐伯泰英　阿片〈交代寄合伊那衆異聞〉
佐伯泰英　攘夷〈交代寄合伊那衆異聞〉
沢木耕太郎　一号線を北上せよ〈ヴェトナム街道編〉
笹生陽子　バラ色の怪物
坂元純　ぼくのフェラーリ
里見蘭／三田紀房／原作　小説 ドラゴン桜〈カリスマ教師集結篇〉
里見蘭／三田紀房／原作　小説 ドラゴン桜〈挑戦！ 東大模試篇〉
佐藤友哉　フリッカー式〈鏡公彦にうってつけの殺人〉
佐藤友哉　エナメルを塗った魂の比重〈鏡稜子ときせかえ密室〉
桜井亜美　チェルシー
サンプラザ中野　〈小説〉大きな玉ネギの下で
司馬遼太郎　新装版 播磨灘物語 全四冊
司馬遼太郎　新装版 箱根の坂 (上)(中)(下)
司馬遼太郎　新装版 アームストロング砲
司馬遼太郎　新装版 歳月 (上)(下)
司馬遼太郎　新装版 おれは権現

司馬遼太郎　新装版 大坂侍
司馬遼太郎　新装版 北斗の人 (上)(下)
司馬遼太郎　新装版 軍師二人
司馬遼太郎　新装版 真説宮本武蔵
司馬遼太郎　新装版 戦雲の夢
司馬遼太郎　新装版 最後の伊賀者
司馬遼太郎　新装版 俄 (上)(下)
司馬遼太郎　新装版 尻啖え孫市 (上)(下)
司馬遼太郎　新装版 王城の護衛者
司馬遼太郎　新装版 妖怪 (上)(下)
司馬遼太郎　新装版 風の武士 (上)(下)
司馬遼太郎／海音寺潮五郎　新装版 日本歴史を点検する
司馬遼太郎／陳舜臣／金達寿　歴史の交差路にて〈日本・中国・朝鮮〉
司馬遼太郎／井上ひさし　国家・宗教・日本人
柴田錬三郎　岡っ引どぶ 正・続〈柴錬捕物帖〉
柴田錬三郎　お江戸日本橋 (上)(下)
柴田錬三郎　三国志〈柴錬痛快文庫〉
柴田錬三郎　江戸っ子侍 (上)(下)
柴田錬三郎　貧乏同心御用帳

柴田錬三郎　新装版 岡っ引どぶ〈柴錬捕物帖〉
柴田錬三郎　新装版 顔十郎罷り通る (上)(下)
城山三郎　ビッグボーイの生涯〈五島昇その人〉
城山三郎　この命、何をあくせく
白石一郎　火炎城
白石一郎　鷹ノ羽の城
白石一郎　銭の城
白石一郎　びいどろの城
白石一郎　庖丁ざむらい〈十時半睡事件帖〉
白石一郎　観音妖女〈十時半睡事件帖〉
白石一郎　刀〈十時半睡事件帖〉
白石一郎　犬を飼う武士〈十時半睡事件帖〉
白石一郎　出世長屋〈十時半睡事件帖〉
白石一郎　おんな舟〈十時半睡事件帖〉
白石一郎　東海道をゆく〈十時半睡事件帖〉
白石一郎　海よ島よ〈歴史紀行〉
白石一郎　乱世を斬る〈歴史エッセイ〉
白石一郎　海将 (上)(下)
白石一郎　蒙古襲来〈海から見た歴史〉

2007年12月15日現在

「司馬遼太郎記念館」への招待

司馬遼太郎記念館は自宅と隣接地に建てられた安藤忠雄氏設計の建物で構成されている。広さは、約2300平方メートル。2001年11月に開館した。

数々の作品が生まれた自宅の書斎、四季の変化を見せる雑木林風の自宅の庭、高さ11メートル、地下1階から地上2階までの三層吹き抜けの壁面に、資料本や自著本など2万余冊が収納されている大書架、……などから一人の作家の精神を感じ取っていただく構成になっている。展示中心の見る記念館というより、感じる記念館ということを意図した。この空間で、わずかでもいい、ゆとりの時間をもっていただき、来館者ご自身が思い思いにしばし考える時間をもっていただきたい、という願いを込めている。　（館長　上村洋行）

利用案内

所 在 地　大阪府東大阪市下小阪3丁目11番18号　〒577-0803
T E L　06-6726-3860，06-6726-3859（友の会）
H P　http://www.shibazaidan.or.jp
開館時間　10:00〜17:00（入館受付は16:30まで）
休 館 日　毎週月曜日（祝日・振替休日の場合は翌日が休館）
特別資料整理期間（9/1〜10）、年末・年始（12/28〜1/4）
※その他臨時に休館することがあります。

入館料

	一般	団体
大人	500円	400円
高・中学生	300円	240円
小学生	200円	160円

※団体は20名以上
※障害者手帳を持参の方は無料

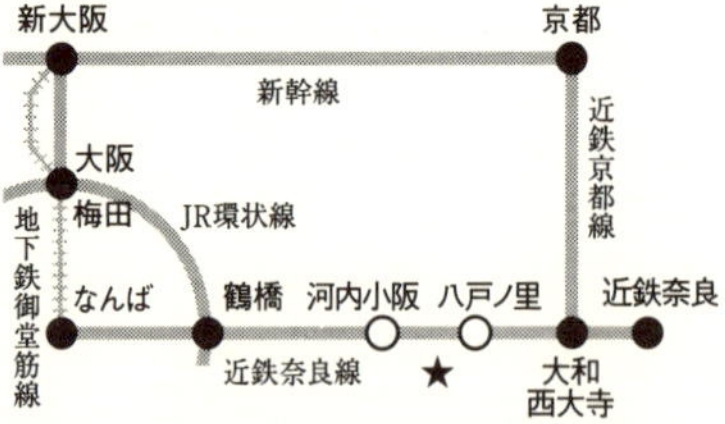

アクセス　近鉄奈良線「河内小阪駅」下車、徒歩12分。「八戸ノ里駅」下車、徒歩8分。
Ⓟ5台　大型バスは近くに無料一時駐車場あり。但し事前にご連絡ください。

記念館友の会　ご案内

友の会は司馬作品を愛し、記念館を支えてくださる会員の皆さんとのコミュニケーションの場です。会員になると、会誌「遼」（年4回発行）をお届けします。また、講演会、交流会、ツアーなど、館の行事に会員価格で参加できるなどの特典があります。

年会費　一般会員3000円　サポート会員1万円　企業サポート会員5万円
お申し込み、お問い合わせは友の会事務局まで
TEL 06-6726-3859　FAX 06-6726-3856